剝製の街

近森晃平と殺人鬼

樹島千草

集英社文庫

剝製の街

近森晃平と殺人鬼

【　遺族の記憶　】

見慣れた景色が色あせてから、どれだけ時間が経ったただろう。

あの日は気象の気まぐれか、春にもかかわらず雪が降っていた。玄関から見える道路沿いには桜がまだ残っていて、花吹雪と雪が同時に舞う光景は夢のように幻想的だった。

そんな風に思ったたから、だろうか。

この半年間、ずっと夢を見ている気がする。何を食べても味は薄く、何を見ても、どんな体験をしても心が動かない。

(何が悪かったの)

夕食にスーパーで買った惣菜を並べたから?

(でも私も働いてるし)

会社の同僚との飲み会に行かないで、と言ったたから?

(でも毎週は多いと思うし)

スマホに入っていた異性の連絡先を消してもらったから?

（でも頼んだら、自分で消してくれたし）

何が原因でも、ちゃんと反論できる。誰に話してみても、みんな理解を示してくれた。あなたは愛が深いね、旦那さんは幸せ者だね、と。

なのに、まーくんは帰ってきてくれない。いつ帰ってきてもいいように、彼の好きなものを毎日作って待っているのに。

「まーくん……」

日課にしている早朝のウォーキングをしていても、気分が晴れない。

帰ってきて、帰ってきて、帰ってきて。

それだけを呪文のように念じ続ける。

願い事を千回、万回、億回重ねたら、神様が根負けして叶えてくれるかもしれない。そんなことありえないという人は、途中で諦めてきただけだ。あと一回祈れば叶ったのに、それをしなかったために願いが手の中からこぼれ落ちただけだろう。

私はそんなことはしない。諦めない。

真心を込めて訴えかけ、想いを伝え続ければ、どんなことでもきっと叶う。

「帰ってきて、まーくん」

口に出して呟いてみた。しっかりした声が出て、自分でも安心する。大丈夫、私の心は折れていない。まだまだ願い続けられる。まーくんが帰ってきてくれるまで、何年でも。

胸元でぎゅっと拳を握り、前を向いた時だった。

「……え」

遠目に見えてきた家の庭に、誰かが立っていた。ほんの三十分ほど前、ウォーキングのために家を出た時は誰もいなかったのに。

背を向けているので顔は見えない。だが見慣れた紺色のスーツを着ていた。中肉中背で、少し猫背気味。何度か指摘したが、もう癖になっているのだといつも苦笑いされてきた。

「まーくん？」

ドクン、と心臓が強く脈打った。

願いが届いたのだ。

先ほど呟いた「帰ってきて」が願いを叶えるための最後の一回だった。口に出したのは偶然ではなかったのだ。神様はやはりいる。私を見守ってくれている。

「まーくん、まーくん！　ああ……っ、まーくん、まーくん！」

急に視界に朝日が差し込んだ気がした。キラキラとまばゆい太陽に目がくらみながらも、一心不乱に走りだす。

間違いない。あの背中はまーくんだ。大学時代から好きで好きで……何度も飛びついた背中だ。

半年間もどこへ行っていたの。なぜ一度も連絡してくれなかったの。他に好きな人ができたの。私に飽きたの。何か不満があったの。

聞きたいことは山ほどあったが、今は全てがどうでもよかった。どんな理由があって出ていったとしても、まーくんは私のもとに帰ってきてくれた。

ならば、いい。それでいい。

何も聞かれたくないなら聞かない。してほしいことは全部する。だからこの先はずっと一緒に。

「まーくん、お帰り!!」

庭に飛び込み、まーくんの背中に抱きついた。

ぐに、とした感触が返ってくる。

「まーくん?」

奇妙な感触に、首をかしげた。確かにまーくんの身体なのに、なんだか妙だ。固いし、熱くも冷たくもないし、匂いがしない。

……そうだ、大好きなまーくんの匂いがしない。こんなに強く抱きしめているのに、撫でてもくれない。

恐る恐る正面に回り込み、まーくんの顔を見た。

「え」

ぼんやりした目。半分開いた口。

まーくんの目は何も映していなかった。

右の頬に小指の先ほどの穴が空いていた。その奥に発泡スチロールが見えた。

……変ナノ。

これじゃまるで、まーくんが人形になったみたい。

そんなことを考えた自分に呆(あき)れてしまう。

まーくん、ともう一度呼んだ時、まーくんの唇が動いた。

ああ、よかった。やっぱりまーくんはまーくんだ。私の名前を呼んでくれる。

早く。……早く呼んで。ほら早く。

返事をしようとして待っているのに、まーくんはやっぱり何も言わない。その代わり、まーくんの口から羽虫が這(は)い出てきた。もぞもぞと上唇で毛羽立った肢を拭い、鼻の脇を登っていくと、今度は右のまぶたに肢をかける。そして汚い色の羽虫はまーくんの右まぶたの中に入った。

もぞもぞ、もぞもぞもぞもぞ。

羽虫が見えなくなったと同時に、ぐるんと右目が上を向いた。眼球の下からちらりと羽虫の肢がのぞく。まるで玉乗りの曲芸師みたいに、羽虫がまーくんの目を動かしている。

くるくる、くるくるくるくると。

「――、……ッ、………」

あああ、とどこか遠くで奇妙な「音」が聞こえた。それが自分の喉からあふれているのだと気づくまでにかなり時間を要した。

視界の中に光の粒があふれ、網膜を焼くような強さで点滅した。目を焼かれる痛みで叫び、のけぞり、助けを求めた。

それでもまーくんは動かない。私を見ない。もういない。

【 1 】

十月に入り、からりとした秋晴れが窓の外に広がっていた。窓は閉めているものの、陽光がさんさんと差し込み、近森探偵事務所を明るく照らしている。

掃除しておいてよかった、と近森晃平は密かに胸をなで下ろした。ここ二週間ほどは他にすることもなく、掃除ばかりしていた。窓には曇り一つなく、部屋の隅に埃もない。先日、奮発して購入した全自動のコーヒーメーカーは勤勉で、芳醇な香りで事務所内を満たしてくれている。

「どうぞ、寒くなってきたので」

温めたミルクと砂糖を添え、カップを差し出す。

ガラス製のローテーブルを挟み、ソファーに座った女性が頭を下げた。礼を言ったようにも、丁寧に断ったようにも見えた。どちらにせよ、女性はコーヒーに口を付けない。

身長百五十センチほどの小柄な女性だ。緩くパーマをかけた髪を背中に流し、ナチュラルメイクをしている。白いニットセーターとチェック柄のスカートを身につけ、爪にはパステルピンクのジェルネイルが施されていた。

彼女が事務所を訪れた時、晃平は「私立女子大学の学生」を連想した。誰か特定の人に似ていたわけではなく、雑誌やテレビでよく見る「女子大学生」のファッションを取り入れていたからだろう。

華やかで私生活が充実していて、知的な女性。そうした概念そのもののようだ。ただどんな格好をしていようと、彼女の身に起きた不幸は変わらない。

「秋月瑠華(あきづきるか)さん、ですよね。このたびはお悔やみを申し上げます」

触れずにおくことも考えたが、結局晃平は頭を下げた。この花渕町(はなぶちちょう)で今、彼女の名前を知らない人はいないだろう。触れないほうが不自然だ。

――ある日、何の前触れもなく一人の人物が失踪する。そして約半年後、その人物は再び家族のもとに戻ってくる。……物言わぬ、剝製にされて。

この異常な猟奇殺人は二件続き、三人目の被害者が二週間ほど前、自宅に送られた。

秋月瑠華はその被害者、雅也(まさや)の妻だ。

この二週間、ニュースで繰り返されている情報によると、二人とも今年で三十歳。大学で知り合って結婚し、雅也は隣町のＩＴ企業でエンジニアをしていたという。

半年前の四月、第四週の日曜日にふらりと家を出た雅也はそのまま行方が分からなくなった。

ただ失踪当時は通称「剝製魔事件」と結びつけられることはなかったようだ。成人男性が行方をくらました場合、大抵は自分の意思での失踪として処理される。

「君も、私が原因だと思ってる？」

瑠華の声はやや舌足らずで甘かった。年上女性の幼い声音に、晃平はドギマギした。

「決してそんなことは……」

「まーくんがいなくなった時、警察には『お前に原因があるんだろう』って言われたの。お前が妻として至らなかったから、旦那はどこかで浮気でもしていて、その人と駆け落ちしたんだろうって。急病や事故の可能性もあるから、一応周囲の病院には確認してくれたけど」

「病院に搬送されたという報告はなかったんですね」

「そう。それで終わり。何度頼んでも、それ以上の捜査なんてしてくれなかった。この街には年間で何十人も行方不明者がいるから、その全員を調べることはできないって。自分たちは剝製魔を追うことで手一杯だから、旦那は自分で捜せって」

「それはつらかったですね」

晃平は共感するように相槌（あいづち）を打ったが、警察が行方不明者の家族に対して、そこまで突き放した言い方をしたかどうかは疑問が残る。ただ瑠華はそう言われたと受け取ったのだ。そして今でも警察に不信感を持っている。

「あの時、警察が本気で捜してくれたら、まーくんはこんなことにならなかったはずだもの。……あんなのひどすぎる。まーくんなのに、まーくんじゃないの。あんな……あんなこと、まともな人間にできることじゃない。あんなこと、なんでまーくんが、ひどい、なんでこんな」

「本当にそうですね。……ああ、ゆっくりで大丈夫です、秋月さん。何でも聞きますから」

「ごめんね。あ、ごめんなさい」

「いえ、話しやすい口調で大丈夫です」

これはよくあることだ。

晃平は今年で二十五歳。周囲を圧倒するような筋肉はつかず、身長も百七十センチほどだ。誰からも「温和」と評される顔立ちでこれといった特徴もなく、華やかなオーラもない。頼りないと感じる依頼人もいるため、こうして親しみを持ってもらえるのはありがたい。

「僕にできることでしたら最善を尽くします。こう見えて、依頼の成功率は高いんですよ。素行調査や失せ物探しがメインですが……、あ、簡単なパソコンの設定や家電の修理もできます」

「家電の修理？」

「学生時代、家電量販店でバイトしていたんです。サービスの一環で色々お受けしていたら、最近はそっちの依頼が増えてしまって」

おどけた仕草で肩をすくめると、瑠華はかすかに微笑(ほほえ)んだ。笑ったことで少し気が緩んだのか、彼女はコーヒーに口を付ける。

「いい人そうで安心した。あのね、スマホを見つけてもらえる？」

一息つき、瑠華は脇に置いていた鞄(かばん)からスマートフォンを取り出した。首をかしげた晃平に気づき、補足する。

「これは新しいやつ。古いほうを数ヶ月前になくしちゃって」

「数ヶ月前、ですか。さすがにそれは……」

「でもスマホをなくした日のこと、できる限り思いだして書いてきたから」

断られると思って焦ったのか、瑠華は自分のスマホを印籠のように突き出した。メモ帳アプリに箇条書きでいくつかの単語が書いてある。

「午前中、『フラワーシゲクラ』で季節の花束、その後、『昌魚(まさうお)』で鯛(たい)を一匹、そして『三村(みむら)酒店』で大吟醸『牛追い』を一本……」

「家を出る時、バッグに入れたのは覚えてるから、このどこかで落としたんだと思うの。もしくは歩いたルートのどこかで……。そう思わない？」

「えっと」

「店でお財布を出す時、自分でも無意識のうちにどこかにスマホを置いた可能性もあるよね。ほら、よく聞くじゃない。いつの間にかテレビのリモコンが冷蔵庫に入ってたとか、鍵が食器棚に入ってたとか」

「確かにそういうこともあるようですが」

「誰も気づかないところに私が置いた場合、まだそこにあるかもしれないよね？　でも無意識に置いたから自分でも見つけられなくて……みたいな。もしそうなら、全然関係ない人に同じ行動を取ってもらったら見つかるかも」

瑠華は必死の形相で、矢継ぎ早に言葉を重ねた。晃平に断られたら、もうなす術がないというように。

（なんとかしてあげたいけど、これはな）

努力ではどうにもならない問題はある。いくら探偵業を営んでいようと、数ヶ月前に外出先で落としたスマホを探し出すのは不可能に近い。

晃平は悩みながらも、自分が提案できそうな言葉を探した。

「警察に届け出は？」

「出したけど、それから連絡は一度もないもの。絶対探してくれてないよ」

「ではスマホの追跡機能は設定していますか？　していたら、場所を割り出せるかもしれません」

「追跡？」

「スマホに組み込まれている機能で、オンにしておくと家のパソコンからスマホの位置情報を確認できるんです。まあスマホの充電が切れていたら、無理ですが……」

「そんなことができるの、全然知らなかった。家にパソコンもないし」

「失礼ですが、諦めるというのは……」

「あの中にしか、まーくんの写真がないの！」

「……そうでしたか」

数ヶ月前に落としたスマホを今更探そうとしている理由はそれか、と晃平は自分の失言を悔いた。

スマホの追跡機能も知らない瑠華なら、フォルダに入った写真をクラウドや外付けハードディスクに保存などもしていないだろう。いつでも見返せると考え、画像や動画をただ撮り溜めていたのかもしれない。

（これまでは、いつか帰ってくると信じていたから我慢できていたのかな）

だがもう、いくら待っても夫は帰ってこない。ゆえに今更だと知りつつもスマホを諦めきれなくなったのだろう。

「秋月さんはスマホをなくされた日の行動を正確に覚えていますし、他人の手を借りようと考えることもできています。ですのでご家族や友人を頼ってはどうですか？　探偵を雇うと、どうしても費用がかかってしまいますし」

「こんな時にスマホを探してほしいなんて言えないよ。悲しまないなんて普通じゃないって責められちゃう」

「あ……」

そんなことない、とは言えなかった。

世間は夫を亡くした妻に分かりやすい悲劇性を求める。笑う余裕などなく、食事も喉を通らず、家から一歩も出られないほど憔悴（しょうすい）するのが「正しい被害者遺族の姿」だと。今、瑠華が女子大生風のファッションに身を包んでいることにもまた、すでに心ない声が寄せられているかもしれない。おしゃれを楽しむ余裕があるなんて、夫を愛していなかったのだろう、と。

だが分かる。衣服や化粧品はすでに手元にあるものだ。クローゼットの衣服を適当に引っ張りだし、毎日のルーティンをなぞるように化粧を施せば「普段通り」の自分は作れる。その心がズタズタに傷ついていようと関係ない。

むしろこの状況下で紛失したスマホに執着していることこそ、瑠華が冷静さを欠いている証拠だ。何かにすがることで、彼女はかろうじて理性を保っている。

「もっと優秀な探偵事務所に頼めば、見つかる確率は上がるかもしれません。隣町に大手の事務所があるのはご存じですか？　あそこは調査員が多いですし、それぞれ得意分野を持っていると聞きます」

「もう断られたの」

「それは……考えが至らず、すみません」

大手の探偵事務所は成功率を気にしたのかもしれない。失敗する確率の高い依頼を受ければ、自分たちの実績にならないためだ。

晃平がここで断れば、瑠華は夫の面影を支えにして、今後の人生を生きることもできなくなる。ただでさえ夫を亡くし、世間の目に晒されて疲弊しているというのに。

「あの」

冷静になれ、と頭の中で呆れた声がした。この件は自分の手に余る。どう頑張ってもスマホを探し出せる気がしない。

頭ではそう分かっているのに。

「やってみます。期待に応えられるかは分からないですが」

その瞬間、瑠華がガバッと顔を上げた。大きく見開いた目がみるみるうちに潤みだす。

「ほんと？　ホントにやってくれる⁉　引き受けてくれるの⁉」

「教えていただいたルートを探してみます。何か進展があったら報告する、ということでいいでしょうか？　それとも報告する日を決めておきますか」

「毎日電話をもらえる？　進展がなかったら、そう言ってくれればいいから」

「分かりました。調査の日数は」

「二週間で」

思いがけず、即答された。

何日かかってもいい、といわれたら、説得しなければならないと思っていたところだ。おそらく何の成果も出ずに終わるのだから、調査日数を指定してくれるのはありがたい。

少しだけ気が楽になり、晃平は改めて尋ねた。

「スマホをなくした正確な日付は覚えていますか？　もしかしたらその日だけ、秋月さんが通った道や店で特別なことをしていたかもしれないので」

「特別なこと？」

「道路が工事中だったとか、店でセールをしていたとか……。たまたまスマホを置いたのがイベント関係の小物を入れる段ボール箱の上で、そのまま梱包されて倉庫にしまわれた……なんて可能性もあるかなと」

「確かに！　それだと後から自分で探しても見つからないよね」

さすがは探偵さんね、と瑠華が笑った。スマホがもう見つかったかのような喜びように、晃平のほうが恐縮してしまう。

「四月十七日なの。半年前の」

「分かりました。……いえ、待ってください」

ふと室内がわずかに暗くなった。窓から差し込む光が途切れたのだろう。

太陽に雲がかかっている。綺麗に磨いた窓に冬眠前の羽虫が這っているのが見えた。

「失礼ですが、秋月雅也さんが失踪したのは」

「同じ日」

晃平は密かに息を呑んだ。

これはただの偶然だろうか。


『偶然なわけないでしょ。バカなの、晃平』

瑠華が帰った後の事務所で、スマホから辛辣な声がした。たまたまかかってきた通話に出てしまったのが間違いその一。「彼」に事情を話してしまったのが間違いその二だ。

重ね重ね、自分の判断力のなさが嫌になる。

「自分でも分かってるよ。でも依頼を受けるって言った手前、断りづらくて」

『俺は店頭販売の試食コーナーを空にした後でも買わないことあるけど』

「誰もがみんな、お前みたいに図太いと思うな」

反射的に言い返したが、分が悪いことは承知している。気軽に引き受けていい依頼ではなかった。

晃平はソファーに身を預けて天井を仰いだ。嫌な予感がどんどん膨れ上がってくる。

そんな晃平の葛藤を知りもせず、通話の向こうで男が鼻で笑った。

『剥製魔が妻のスマホを盗んで、夫にメッセージを送って呼び出したんでしょ』

「やっぱりそうだと思うか、彗」

『うっかり妻がスマホを落とした日に、夫がそれとは無関係に拉致された、なんて考えるよりは自然だね』

「この状況でスマホを見つけようとしたら……」

『剥製魔を追わなきゃダメでしょ』

打てば響くような答えが返ってくる。

「警察が一年、捜査してるのに手がかり一つ残さない相手だぞ」

『しかもあの猟奇性。奇跡的な偶然が重なって、万が一剥製魔に近づくことができたら、次はお前が剥製になるかもね』

はっ、と乾いた笑いが通話口から聞こえる。こういう時の彗は心底小憎らしい。通話の向こうでは辞書に載せたくなるほど完璧な「嘲笑」を浮かべているに違いない。

『お人好しが押しの弱さで押しつけられた依頼のせいで、一生お喋りできない身体にされるなんてウケる』

「韻を踏んで罵ってくるなよ……」

『猟奇殺人の被害者遺族だからって、同情したお前が悪いね。まあ、ポンコツ探偵の手に負える存在じゃないし、見つかるとは思わないけど』

晃平を追い詰めることに対して、彗は一切容赦しない。

『二週間散歩して、お小遣いをもらって終わり。そういうおいしい仕事だと思いなよ』

「秋月さんのスマホは見つけてあげたいんだ。その中にしかもう夫の写真が残ってない、なんて言われたら放っておけないだろ」

『身の程知らず』

廃業しちゃえ、とオブラートに包む気もない悪口を最後に、通話が切れた。

晃平は深くため息をつき、ソファーに身を投げ出した。

（引き受けるべきじゃなかった、んだよな）

それは自分でも分かっている。なくしてから何ヶ月も経つスマホの捜索依頼の時点で断るべきだったし、一度は引き受けたとしても剝製魔事件と関連しそうだと分かった時点で手を引くべきだった。

晃平は難事件を解決できるほどの器ではない。観察眼も分析力も注意力も並で、様々な知識を蓄えているわけでもない。多少根気があるだけで、どちらかといえば企業の事務職についたほうが己の能力を活かせる。

それが分かっているのに、どうしても依頼を断れなかった。

「人は、忘れていくから」

どんなに愛していても、記憶はどんどん薄れていく。笑顔が、仕草が、声が、かすれてにじみ、遠ざかる。いくら焦り、抗（あらが）おうとしても消えていく記憶を止（とど）める術はないのだ。

なんとかしたいなら昔の写真や映像に頼るしかない。

だが晃平は知っている。すでに失ってしまった人の映像を新たに作り出すことはできないことを。

だからすがる。固執する。

自分が死ぬ時、鮮明な姿で迎えに来てほしくて。

【 2 】

花渕町はいくつもの河川に囲まれた平坦な土地だ。都心にほど近く、人口は三万人ほど。皮革産業が盛んで、昔ながらの工房が今も現役で稼働している。職人が手がけた質のいい革製品は国内外に愛好家が多く、海外の有名ブランドにも決して引けを取らない。

高層ビル群や活気のある繁華街はないが、その分商店街が充実しており、人々の暮らしに不便はない。急速に発展する時代の流れに乗りつつ、受け継がれてきた伝統を守っている……。そんな魅力的な街に今、世間を震撼させる事件が起きていた。

最初の被害者が確認されたのは一年ほど前だ。町外れにある原皮倉庫で働いていた四十代の男性が約一年半前に失踪し、半年後、剥製にされて近くの公園に置かれた。

その半年後、今度は花渕町在住の三十代男性が剥製にされ、駅前の広場に放置された。

そしてさらにその半年後、こちらも町内在住の秋月雅也が剥製にされ、妻である瑠華と暮らす一軒家の庭に置かれたというわけだ。

剥製は瑠華が日課にしている早朝のウォーキングに出た、ほんの三十分ほどの間に置かれた。犯人は事前に相当入念な下調べをしたようで、庭をうろつく不審者を見た者はいない。

半年ごとに被害が出るのは、それだけ剝製作りに時間がかかるためだ。犯人は何らかの基準で被害者を選び、剝製の「素材」にする。そして時間をかけて弄び、完成後には人目につくところに放置する。

誰もがこの異常な犯罪に震撼した。

警察も必死で捜査を続けているが、今日に至るまで犯人につながる有力な情報は出てきていない。この事件の特徴が他に類を見ないせいだ。

一つ、被害者が成人男性であるため、失踪当時は自分の意思によるものと見なされて本格的な捜索が行われない。

一つ、被害者の失踪から事件発覚までに半年ほど空くため、失踪当時の目撃者や監視カメラの映像が見つからない。

一つ、剝製化の過程において皮膚以外の体組織が破棄されるため、剝製を調べても犯人につながる手がかりが得られない。

一つ、被害者たちの接点は今のところ見つかっておらず、交友関係から犯人を絞り込むことができない。

これらの条件がいくつも重なり、捜査は難航していた。事件が半年に一度しか起きないため、捜査本部を置きづらい、という難点もある。最初の事件が起きた時は警察本部主導で数百人規模の特別捜査本部が設置されたが、全く手がかりがないまま半年が経った。その間に発生する多くの事件に人員を割けず、治安が悪化したことで市民の反発を招き、特別捜査本部は解散。二件目の事件が発生した際も同じことが起き、結果三件目が起きた今回は数十人規模に縮小されてしまった。

まずは花渕署の捜査員を中心とした刑事で手がかりを追い、何か進展があれば本部からエリート刑事たちが投入される……。それが今回の方針だ。

靴底をすり減らし、汗水垂らして捜査したところで手柄は全て他人が持っていく、と言われて、花渕署の士気が上がるわけがない。刑事たちは被害者の無念を晴らすことを心の支えにして捜査に当たっているものの、振り絞る気力にも限界があった。

……被害者の住居や勤務先が花渕町なので、犯人は土地勘のある人物だろう。成人男性を拉致できるだけの膂力（りょりょく）があり、剝製を作れる知識と根気があるに違いない。

判明していることといえばその程度だ。

テレビでは盛んに「剝製魔」に関する特集番組が組まれ、各局は引退した警察幹部や海外の高名なプロファイラーをゲストに招いて声高に犯人像を推理した。雑誌や新聞記者だけではなく、近頃は動画配信者を名乗る一般人も剝製の遺棄された場所や被害者遺族の自宅に足を運ぶようになっている。無遠慮に騒ぎ立てる彼らと近隣住民の間でトラブルも起きており、警察が駆り出される場面もあった。

「お祭り騒ぎもいい加減にしやがれ。三人死んでるんだぞ！」

花渕署の刑事課にて、鯉沼は勢いよく机を殴りつけた。大きな目や鼻や口が四角い顔面にギチギチに収まっている。学生時代から二十年間、柔道で鍛えた身体は貫禄があり、初対面の女性や子供には怯えられることも多い。

煮詰まって泥のような色になったコーヒーが、鯉沼の乱暴さに抗議するようにカップの中で波紋を作った。その不満をねじ伏せるように、鯉沼はぐい、と一息でコーヒーをあおる。苦みと渋みばかりが舌を刺し、忌ま忌ましさが募るばかりだ。

「でも実際、お祭りですよ、これ」

鯉沼の隣に、ヌッと栗原が現れた。足音が聞こえなかったが、これは鯉沼が烈火のごとく怒っていたからか、栗原の影の薄さが原因か。

異様に猫背で、コシのない髪を肩まで伸ばした青年だ。ずんぐりとした鯉沼より頭一つ分ほど背が高いが、高身長にもかかわらず上目遣いで鯉沼を見ている。目を離すとすぐに見失うほど存在感がないが、実際目の前に立たれるとうっとうしいほど目を引く、という奇妙な特徴を持った刑事だ。頭から湯気を噴き出しそうな剣幕の鯉沼にもひるんだ様子はない。

「半年ぶりの奇祭開催、みたいな。ネットでは連日、大騒ぎです」

ぼそぼそと喋りながら、栗原は小脇に抱えていたノートパソコンを開いた。差し出された画面をちらりと見て、鯉沼はうんざりと顔をしかめる。「剝製魔事件の個人調査費用クラウドファンディング！」「剝製魔事件、自主制作映画スタッフ募集！」「警察組織解体オンライン署名」と頭が痛くなるようなページがいくつものタブに表示されている。タイトルだけで胸焼けどころか、吐き気と頭痛を催すのは決して鯉沼が繊細だからではないはずだ。

「全部消せ。そんなの見てて、捜査になるか！」

「それはまあ、そうですけど」

興味深くはありますよ、と栗原は画面に目を向けた。

「市民がこの事件をどういう目線で捉えているのかが分かります。非道な事件に対する恐怖や、被害者遺族に対する同情はほとんどない。参加型ホラーエンターテイメントのような扱いです」

「くそっ、なんでそんなことができるんだ」

「よくある殺人と一線を画しているから、でしょうか。刺されたり毒を飲まされたりするなら、誰でもその苦しみや痛みを想像できますが、これは違う。自分が剝製にされるなんて想像は普通、しませんから」

「想像できないから現実感がねえ……だから犯人を憎むんじゃなくて楽しんじまうってのか」

「俺の持論ですが。……合ってますか？」

「さあな」

教室で数学の式を解いた後、正誤を問う学生のように問われても、鯉沼が判断できることは何もない。

栗原は六年前、この花渕署に来た時から変わっていた。強面の刑事たちを前にしてもひるんだ様子はなく、十年以上勤める会社に出勤してきたような様子でぺこりと頭を下げ、「沢山事件を解決したいです」と挨拶した。

その言葉通り、やる気はあるのだが、目の付け所が鯉沼たちとはどこか違う。そうした「人とは違う視点」に期待し続けて六年経つが、いまだ栗原の才能が光ったことはない。

「もし劇場型の犯人なら、自分の犯行を映画化してほしがるかもしれません。ですから、このクラファンサイトのオーナーが剝製魔なのかも」

「いやあ、それはねえだろ」

「警察組織を解体させれば、自分の犯行を止める者はいなくなりますよね。そのためにオンライン署名を集めている主宰者が剝製魔なのかも。……どうしましたか、鯉さん」

「……いや、ちょっと頭が痛くなってきてよ」

「疲労ですか？　チョコ食べます？　セレクトショップの新作」

　隣で鯉沼が頭を抱えても、栗原は全く気にしていない。いそいそと鞄から見たこともないパッケージのチョコレートを取り出し、鯉沼に差し出してくる。

（斬新な発想は必要だ。……多分、おそらく……少しは）

　自分自身にそう言い聞かせつつ、鯉沼は栗原から渡されたチョコレートを口に放り込んだ。洋酒や香辛料がふんだんに練り込まれていて、食べたことのない味がする。複雑な工程を経た逸品なのだろうが、鯉沼はもっと分かりやすい味のほうが好みだ。口直しとばかりに引き出しから板チョコを取り出して嚙み砕くと、「お裾分けし甲斐がない」と栗原が嘆いた。

「だったら一人で食えばいいだろうが」

「それじゃあ意味ないでしょう。すごいって言われたい。よくこんなうまいもの見つけてきたなって感心されたい」

「お前が今月、剝製魔事件の犯人を挙げてきたら感心してやる」

「ハードルが高い……」

　じっとりと恨みがましい視線を投げてくる栗原を、鯉沼はいつものことだと無視した。この程度の軽口で落ち込む奴ではない。

「成人男性を拉致できるから犯人は男だ、剝製を作れるから高学歴だ、なんて言う奴もいるが、役割を分担してたらどうとでもなるしな。単独犯って証拠もねえ」

「確かに絶世の美女が被害者を引っかけて、どこかに連れて行く。実行犯の男が殺して、取り出した内臓は全部売る。余った皮だけ変態に売って、その変態が剥製を作る……みたいな犯罪組織が暗躍してたらお手上げですよね」

「……むう」

懲りずに突飛な発想を披露する栗原を、今回ばかりは否定できなかった。その通りだと同意はできないが、あまりにも情報がないため、完全に否定することもできない。

被害者が本当に三人だけなのかどうかも不明だ。三体の剥製を作る過程でその何倍、何十倍も失敗していたら、最終的に被害者数はどれだけ膨大になることか。

「被害者に共通点もないですしね。年齢も勤務地もバラバラだし、成人男性ってことくらい？　一人目と三人目は既婚者で、二人目は一人暮らしだし……」

「それで言うなら一人目は別居中だったぞ」

「ああ、浮気で家を追い出されて、マンション暮らしでしたね。そのせいで三件目の秋月雅也以外、拉致された正確な日付も分かってない」

一人目の被害者は去年の四月二十一日の水曜日に行方不明者届が出され、去年の十月七日の木曜に遺体が発見された。

二人目は去年の十月二十日の水曜に行方不明者届が出され、今年の三月十七日の木曜日に遺体が発見された。

そして三人目は今年の四月十七日の日曜に行方不明者届が出され、先月九月二十二日の木曜日に遺体が発見されている。

日付から分かることはあまりない。約半年の周期で起きているため、春と秋に失踪と遺体発見が交互に起きることと、遺体発見は今のところ全て木曜日だということくらいだ。

捜査本部では一時期「木曜日が定休日の自営業者が怪しい」といった意見も浮上したが、それはすぐに立ち消えた。剝製は三体とも深夜から早朝にかけて公園や広場、そして被害者宅の庭に置かれている。夜間に活動できる者なら、誰にでも犯行は可能だ。あえて木曜日に剝製を遺棄するのは警察の捜査を攪乱するためだと考えられた。

厄介な敵だと鯉沼は苦々しく思う。手がかりらしきものを摑んでも、それが本当に手がかりなのか、犯人があえて残した偽の情報なのかが分からない。しかし手がかりに見える以上、警察はその全てを調べなければならない。

犯人はそうして警察を疲弊させ、その隙に次の犯行に及んでいる。

じっとりとした、不気味な感覚だ。自分は絶対警察には捕まらないという断固たる自信が垣間見える。「人間」を殺しているのだ。普通ならば恐怖や緊張を覚え、何かしらのミスを犯すものだが、この犯人にはそうした危うさが全くない。ライフワークなのかと思うほど平然と、きっちり半年間で一体の剝製を作り出している。

「最初はすぐ捕まえられると思ったんだがな」

鯉沼は粟立った肌を乱暴にこすった。

なんといっても、遺体を剝製にするという異常性の高い犯行だ。剝製作りのプロやその知識がある人物を洗いだしていけば、すぐに犯人にたどり着くと思っていた。

しかし剝製の芯材には一般に流通している樹脂材と発泡スチロールが使われ、皮膚をなめす際に使用した薬剤やミョウバン、消毒液もありふれたものだ。今はインターネットを使って匿名で商品を購入できるため、そうした材料の入手経路も摑めない。

「剝製を作る動画もネットで普通に見られますしね。さすがに人間の剝製を作るサイトは見つかっていませんけど」

「あってたまるか」

そう吐き捨てた時、鯉沼は嫌なことを思いだした。無意識に唇が「へ」の字に曲がる。

「プロは皮膚の処理が甘いと言ってたな」

花渕町には二軒の剝製製作所があるが、どちらの剝製師にも不審な点は見当たらなかった。当然被害者たちとも接点はなく、動機もない。剝製にされた被害者を確認させたところ、職人たちはいずれも「これは素人の手によるものだ」と断言した。

剝製作りは根気や作業時間の確保も当然ながら、卓越した技術を必要とする。

まず遺体から内臓や筋組織、神経の類や骨格を全て取り出し、皮をなめす。防腐処理を施した皮を発泡スチロールなどで作った芯材に被せ、全体を生前の姿に似せて整えたら完成だ。

剝製の素材が大型であればあるほど、作業も大がかりなものになる。加えて、「人間」は毛皮を纏う動物に比べて皮膚が薄く、指先に至るまで複雑な作りをしている。先端まで詰まった肉を全て除去しなければ腐敗するのは避けられず、ほんの少し手元が狂っただけで皮膚には穴が空く。

実際、被害者の剝製も皮膚を剝ぐ際に何ヶ所も失敗している痕跡が残っていた。ところどころに穴が空いている上、皮脂も取り除き切れていない。このままでは数ヶ月で剝製が劣化し、二年も経たないうちに保管できなくなるだろう、と剝製師たちは口をそろえた。

彼らの見立て通り、一年前に見つかった一体目、半年前に見つかった二体目の剝製は最近傷んできたという。

「ただ三体目は……」

「上達してるそうですね」

一体目より二体目が、二体目よりも三体目が、どんどん剝製として完成度が高くなっていると二人の剝製師たちは口をそろえた。特に秋月雅也の剝製はプロが手がけたほど精巧で、自分でもここまでの剝製を作るのは難しい、と。

鯉沼は顔をしかめた。

（気にくわねえ）

秋月雅也の剝製を検分した剝製師を思いだし、ほのかな敬意と悔しさがにじんでいた。自分でも苦労する、と認めた彼の口調には、倫理的に許されないと思い、その選択肢を排除してきた。……自分は人間の剝製を作ったことはない。ゆえに自分が手がけたとしてもここまでのものは作れない。

そんな彼の言葉は裏を返せば、「経験を積めば、自分ならもっと精巧なものが作れる」と言っているようにも受け取れた。

異常な猟奇殺人を目の当たりにして模倣犯が発生するきっかけは、いつだってこうした些細なことだ。本来ならば一生抑え込んでいたはずの欲望が、外部からの強烈な刺激によってあふれ出す。そうなる前に鯉沼たちはこの「剝製魔」を何が何でも逮捕しなければならなかった。

「そういえば秋月雅也の奥さん、今はホテル住まいですよね」

捜査会議の資料を見直していた鯉沼に、栗原が言った。

剝製にされた夫の第一発見者でもある秋月瑠華は今、世間でもっとも注目を浴びる一般人になってしまった。自宅付近には報道関係者ばかりか、動画配信者や野次馬も押し寄せている。瑠華からコメントをもらおうとする報道陣が連日張り込み、秋月雅也の剝製が置かれた庭に侵入して配信を行おうとする者もいた。

　このままでは瑠華の身に危害が及ぶ、と鯉沼たちがなんとか説得し、ホテルに避難してもらったところだ。

「『どうせ私が襲われるまで警察は何もしないくせに』なんて色々言われたがな。その秋月瑠華がどうした？」

「昨日、街の探偵事務所に行ったらしいですよ。交通課の人が、事務所に入っていくところを見たって、さっきそこで話していました」

「探偵事務所？」

　困惑する鯉沼に、栗原はこくこくと頷いた。

「街の何でも屋さんって感じの、小さいところだそうです。猫探しとかエアコンの修理とか、イジメの証拠集めとか、そういうことをやっているとか」

「そりゃ確かに『何でも屋』だな。秋月瑠華はそんなところにどんな用事があったんだ？」

「さあ……。でも俺らはかなり不信感をもたれちゃってますから、話してもらえないことがあったのかも」

「ちょっと確認しといたほうがいいな」

　まさか敵討ちじゃなかろうな、と鯉沼はひやりとした。

　相手は前代未聞の猟奇殺人鬼だ。被害者遺族が自分を追っていると知れば、過激な方法で排除しようとする可能性もある。探偵に対する依頼内容は早々に確認しておく必要がありそうだ。

鯉沼は椅子の背もたれにかけていたトレンチコートを摑み、大股で刑事課を後にした。

＊　＊　＊

花渕町は方角によって、ざっくりとした特色がある。北部には皮革産業の中核を担う原皮や染料を扱う工場が建ち並び、西部には昔ながらの職人が工房をかまえている。南部には役所や学校などが集まり、東部は住宅地になっていた。各工場の従業員やその家族が暮らす団地もあるが、昔ながらの一軒家や二、三階建てのアパートも多い。

近森探偵事務所はその東部の一角にあった。花渕東駅という、よく言えば分かりやすく、悪く言えば特徴のない駅名からも分かるように、街にはめぼしいものが何もない。駅前に商店街がある以外、周りに家が建ち並ぶだけののどかな場所だ。

晃平は１ＬＤＫのアパートの一室を借り、八畳ほどの洋室を自室として使い、大きな十三畳の洋室を事務所にしていた。

三年前、大学卒業と同時にこの街で探偵事務所を始めた。それまでアルバイトで開業資金を貯め、仮に一切仕事がなくても三年間は続けられる目処を付けたが、気づけばその三年が経とうとしている。ポツポツと小さな依頼は入るものの、それだけでは生活できず、在宅ワークの副業をいくつかこなして、なんとか日々を過ごしている状況だ。

能力の問題もあるが、風土的な問題もある。昔ながらの職人街ゆえ、花渕町でよそ者は遠巻きにされやすい。これは地方から出てきた晃平にとって、完全な盲点だった。

（東京はどこもかしこも、人の出入りが活発な大都会だと思ってたけど）

まさか地元とあまり変わらないほど、昔ながらの街があるとは。

引っ越してきてから花渕町の風土に気づいたが、もう遅い。露骨に追い出されることはなかったが、ほんのりと警戒されていることに気づき、当時の晃平は焦ったものだ。チラシを作って商店に置いてもらったり、積極的に町内会の催しに参加したり、と悪戦苦闘しながら街になじもうと努力した。その甲斐あって、この街にも少しずつ知り合いが増えてきたが、まだまだ身内扱いされているとは言いがたい。

「頑張らないとな」

瑠華にとっても近森探偵事務所は入りづらい場所だっただろう。それでも勇気を振り絞って訪ねてきてくれたのだ。その思いに報いるためにも、最善を尽くさなければ。

「行ってきます」

晃平は自室の仏壇に手を合わせた。多機能を備えた立派なものではなく、本尊や位牌の他、必要最小限の仏具しか置いていない。

むしろ仏壇よりも、脇に飾った仏花のほうが目立っていた。

牛革の端布で作った一風変わった仏花だ。もう十年以上昔、人づてにこれを託された。渋みのある色合いに惹かれ、ずっと仏壇に供えている。

時計は朝の八時を回ったところだった。これから事務所へ移動し、鍵が付いているガラス戸の戸棚にしまったコーヒー豆を使って、コーヒーを淹れればいい。淹れたてのコーヒーの香りで事務所を満たせば、気合いが入る。

「……？」

その時、玄関で軽やかなチャイムが響いた。ピン、ポーンと鳴る独特のリズム。このチャイムを奏でる人物を晃平は一人しか知らない。

やはり来たか、という思いと、居留守を使いたい、という欲求がせめぎ合う。数秒悩んだものの、渋々晃平は玄関に向かった。

「おはよう晃平。カフェオレ一つ」

「うちは喫茶店じゃない、帰れ」

――ドアを開けると、朝日を背負った天使が立っていた。

完成された彫像のように美しい青年だ。大きな榛色の瞳は生まれたての乳児のように潤み、唇は化粧したように血色よく艶めいている。きめ細かい肌は内側から発光しているように輝き、緩く波打つ茶色の髪が頰をくすぐるように流れていた。

一切隙のない美貌はともすると冷たい印象を与えるが、彼に関してはそれもない。ふっくらとした頬は柔らかく稜線を描き、大きな目は少しだけ目尻が下がっている。それら全ての要素が彼に「温かみ」を与えていた。

　彼の容姿を嫌うのは美醜の感覚が逆転している者だけだろう。誰もがそう確信するほど、彼は美の頂点にいる。

　……もっとも、完璧なのは容姿だけだが。

「もう喫茶店にしちゃいなよ。そっちのほうが繁盛するって」

　晃平が招くより先に青年、川内彗はずかずかと事務所に入ってきた。来客用のソファーに勝手知ったる様子で座り、大きく伸びをする。

「喫茶店のマスターでも営業マンでも薬剤師でも消防士でも司書でもいいよ。探偵以外なら何でもうまくやれるって」

「何の用だよ。そっち、確か祝日は無視して、週休二日制じゃなかったか」

「そうそう。俺は土日休み」

「じゃあ今日は出勤日だろ」

「朝起きたら熱が三十九度あったから休んだんだ。びっくりだよね」

「サボりか」

　カーフェオレ、カーフェオレ、と怒りを煽るようなリズムで催促され、晃平は腹立たしげに舌を打った。

いっそ無視してしまいたいが、そんなことでひるむ男ではない。諦めることなく延々とねだられ、いつも晃平のほうが根負けするのだ。数十分間無視したあげく、耐えられずに従うか、今の時点で要求を聞いてやるかの二択でしかない。

暴力的な美貌をにらみ、晃平は仕方なくコーヒーを淹れた。ちょうど自分も一杯飲もうとしていたのだ。一杯も二杯も変わらない、と自分自身に言い聞かせる。

彗とは遠く離れた故郷で、生まれた時から中学二年の頃まで一緒だった。その後、晃平は事情があって故郷を離れたが、大学に進学する頃、彗もこちらに引っ越してきた。その結果、今でも腐れ縁が続いている。

「今度は何やったんだよ。警察沙汰にはなってないだろうな」

晃平がじろりとにらむと、彗は口を尖らせた。

「なんで俺が会社休むと警察沙汰になったって思うのさ」

「だってお前、いつもそうだろ」

「うわあ、典型的な二次加害。騒動が起きた時、被害者に責任を求めるのは最低の人間がすることだよ」

「お前以外にはこんなこと言わない」

「俺だけ特別かあ」

ならいいか、と彗はけろりと文句を引っ込めた。

「まあ、最近は平穏そのものだよ。今の時代、そう頻繁に『八百屋お七』みたいなことは起きないって」

のんきな彗の前に、晃平はコーヒーカップを置いた。カフェオレを所望されていたので、自室の冷蔵庫から持ってきた牛乳パックも隣に添える。これじゃコーヒーがぬるくなる、とぎゃんぎゃん文句を言われたが、それは無視した。

「突然来るお前が悪い」

晃平の知る限り、彗は約一年弱で勤め先を替えている。

大学卒業後に勤めた最初の会社では美しい新入社員に上司と先輩社員が惚れ込み、刃傷沙汰にまで発展した。そして二社目ではとある一家で葬儀が立て続けに起きた。一人目は九十歳の老人だったそうだが、そのひと月後に彼の妻が、さらに二週間後にその息子が亡くなった。

約二ヶ月の間で三人だ。

亡くなった息子の妻は喪主を務める際、立て続けに家族を亡くした不安を訴え、彗のそばを離れなかったという。

そして葬儀が終わる時、ぽつりと呟いたそうだ。「まだ私の息子がいるから」と。

その日、彗は葬儀会社を辞めた。女性やその家族がどうなったかは知らないという。

度を超した彗の美貌は時として騒動を巻き起こす。彼さえいなければ表に現れることのなかった欲望を引きずり出され、罪を犯した者たちは果たして加害者なのか、被害者なのか……。

これが彗以外の人物なら、晃平は「望まぬ騒動に巻き込まれた人には何の非もない」と断言するだろう。ただ、それが彗になった途端、二十五年分の記憶が蘇り、彼を善良で哀れな被害者だと言いたくない心理が働いてしまう。相手によって見方を変えるなど、探偵失格だと自分でも分かっているが、彗は騒動を楽しみすぎる。

「それで？　警察沙汰になった愚痴を言いに来たわけじゃないなら、何しに来たんだよ」

ゆったりとくつろぐ彗に根負けし、晃平は渋々話を振った。自分には昨日、秋月瑠華から受けた依頼がある。

「俺はそろそろ出なきゃいけないんだよ」

「だと思った。昨日電話で、あんなに忠告したのに」

優雅にカフェオレを堪能しながら、彗は呆れたようなまなざしを向けた。

「未亡人に同情してスマホ探しに乗り出すなんて正気の沙汰じゃないね。そもそも見つかる可能性はほとんどないと思うけど」

「それでも、やる。『依頼を受ける時は心で、依頼をこなす時は頭で判断しろ』。そう言われてきたからな」

「それはさあ」

「俺を思いとどまらせるためにわざわざ有休まで取ってきたなら礼を言うよ。でも彗がどう言おうと、俺は」

「分かった分かった、じゃあ行こうか」

「は？」

「やるって決めた晃平を説得できるなんて思ってないよ。今日は協力してやるために来たんだ」

彗がにんまりと笑った。楽しげに、軽やかに、興味本位で。

天使は自身の愉悦を求めない。自身の悦楽のために、人々を引っかき回そうともしない。そうした欲にまみれるのは……悪魔の業だ。

祝日の午前中、住宅街には穏やかな空気が流れていた。

通りを歩く人たちは大半が私服で、特に時間に追われている様子もない。十月上旬のからりと乾いた風は夏の熱気も冬の寒気も含まず、軽やかに人々の間を吹き抜けていく。

深呼吸をしたくなる陽気だ。こんなすがすがしい街で今、凄惨な連続殺人事件が起きていることを忘れそうになる。

「秋月瑠華の家はこの先？」

マスクとサングラスをした彗が尋ねた。どこの芸能人かと突っ込みたくなる風貌だが、文句は言えない。度を超した美貌を晒すよりは、この芸能人風ファッションのほうがまだ目立たないのだ。

「同じ町内に住んでたってことは、以前から面識あったの？」

「いや、駅を挟んで真逆だから、全然。三件目の剝製魔事件が起きた時、報道で秋月夫妻の名前や住んでいた場所を知ったくらいだ」

スマホを捜索するため、晃平たちはまずは秋月家に向かった。そこから瑠華の書き出したメモを元に、スマホをなくした当日の足跡を辿ってみるつもりだ。

瑠華の行動を真似することで、何かしら、気づくことがあるかもしれない。

（ただ歩くだけで見つかるとは思ってないけどな）

「花渕東駅はのどかっていうか地味な街だからな。デパートや大型店に行きたければ隣町まで出たほうが早いし、細かい買い物なら駅前商店街で事足りる。あえて駅を越えて反対側に行く用事はないんだ」

「なるほどね。確かに俺も近所の店はテイクアウトできる店しか把握してないや」

瑠華の家は花渕東駅の西口から続く並木通りを過ぎた先に建っていた。雅也と結婚した時に建てたのか、新築に近い。小さな庭がついた二階建ての一軒家だ。

庭には柵が立てられているが、塀や生け垣はなく、開放的な作りをしていた。それゆえ遺体発見時、瑠華もすぐに気づいたのだろう。庭に夫が立っていることに。

「きっと、雅也さんが帰ってきたんだと思ったんだろうな。半年ぶりに会えたと思って、喜んで駆け寄って……」

「お帰り～って抱きついたところで剝製だと気づいたんなら、相当衝撃を受けるよねえ。実際に会ってみて、どうだった？」

「普通に見えた。服も化粧もちゃんとしてて」

「あらら、結構追い詰められてるね」

彗も晃平と同じ感想を抱いたようだ。

「ホテルに避難して正解だよ。ここに住んでたら、余計に悪化しそうだし」

秋月家を遠目に眺め、彗は皮肉っぽく唇を歪めた。

秋月家は遺体遺棄現場でもあるが、主立った捜査は一段落ついたのだろう。遺体が見つかった時はブルーシートで覆われ、捜査員が立っていたが、今はそうした痕跡は消えている。

一見、ごく普通の一軒家だが、秋月家の周りには大勢の人が集まっていた。プロだと分かるような高性能のカメラを担いでいる報道関係者と、スマホを装着した長い棒で自分を映しながら声高にまくし立てる動画配信者が互いの縄張りを主張し合っている。

「こちら、秋月さんのお宅に来てみました〜。カーテンは……ん〜、しまってますねえ」

「おい、中に入れるところ探そうぜ。外から映してたって意味ねえよ！」

「お前、靴投げろ。庭にうっかり入った靴を取りに行くってことなら許されんじゃね？」

あちこちで無遠慮な会話が交錯する。靴を投げ入れる、と誰かが提案した瞬間、それを聞いていた者たちが動いた。靴だけではなく、鞄に入っていた文房具やポーチ、未開封の菓子パンが秋月家の庭に投げ入れられ、続いてドッと集まっていた者たちが秋月家の庭に踏み込んだ。

そうなればもう、止める者はいない。秋月家の庭でカメラを回す者。固く閉ざされた大きな窓から家の中を覗く者。カーテンの隙間から室内を盗撮する者、とやりたい放題だ。

「ちょっと……っ！」

さすがに見ていられず、晃平は一歩足を踏み出した。……だが、

（笑ってる）

人々の顔を見た瞬間、ゾッとした。

こんなことは普通起こりえない。他人の敷地に無断で侵入し、堂々と盗撮するなんて、

一般的な倫理観を持っていれば、できないはずだ。

だが今、彼らは容易にその一線を踏み越えた。

コレが近年、類を見ない猟奇殺人事件だからだ。身近な悲劇ではなく、誰もが想像できる苦痛もない。

ファンタジーやSFと同じ、空想の出来事に等しい惨劇。

ならば巻き込まれた被害者も、被害者遺族も架空の存在だ。彼らの悲しみも苦しみもフィクションだ。

――非実在性被害者。

ゆえに自分たちがどう扱おうと、問題ない。探れ。覗け。暴け。必ずそこに何かがある。我々の好奇心を満たすような何かが。

それを知りたい。見せてくれ。退屈な日常をつかの間、楽しませてくれる。夢のようにスリリングで、それでいて安全なエンタメを享受させてくれ……。

「う……っ」

すうっと血の気が引いた。

貧血を起こす間際のように、晃平の額に冷たい汗がにじむ。呼吸が浅くなり、ぐらりと身体が崩れた。吐き気が喉をせり上がり、路上に膝をつきかけた時だった。

「何のためにまぶたがついてんの。ほら、閉じて閉じて」

突然、にゅっと伸びてきた手のひらが晃平の視界を遮った。驚いて身を引こうとしたが、手のひらはなおも追いかけてくる。

「あんなの見てたって何の得もないよ。時間の無駄だし、さっさと行くよ」

「わかっ……分かったから、やめろ。おい！」

「あんまり騒いだら注目浴びるけど」

「誰のせいだ！」

晃平は伸びてくる腕をたたき落とし、なんとか彗から距離を取った。

身体を動かしたからか、氷のように冷えていた指先に熱が戻っていた。冷や汗も引き、心音も普通になっている。

すぐに回復できたことに安堵する。晃平はめまいを振り払うように、大きく深呼吸した。

「悪い。もう平気」

「べっつにー？」

顔色はまだ悪いだろうが、彗はそこに触れようとはしなかった。小憎らしい仕草で肩をすくめ、さっさと歩きだす。

（情けない）

だが気が楽になったのは確かだ。

気力を奮い立たせ、晃平は彗の後を追った。我先にと不法侵入している者たちを警察に通報することも忘れずに。

なぜか彗は瑠華が語った一軒目の店舗、「フラワーシゲクラ」へ直行せず、一本道を曲がって路地へ入っていく。だが、大きく道をそれることなく、突き当たりに建っていたマンションをちらりと見ると、今度こそ生花店へ足を向けた。

「彗、何で今寄り道したんだ？」

「はいはい、早く行くよ」

今の行動に何の意味があったのか、彗は語らないままだ。わけが分からないながらも、晃平は最初の目的地に向かった。

【 3 】

小さな生花店「フラワーシゲクラ」は花渕東駅の商店街に建っていた。アーケード街の外れにあるが、うらぶれた雰囲気はない。店の前には丁寧に手入れされた鉢植えが並べられ、店内にはみずみずしい花々が咲き誇っている。

草花が床から天井まで並べられているために窓から太陽光が差し込まず、店内は昼間でも薄暗い。ただ、それは不安を煽るような暗さではなく、都会の喧噪（けんそう）を離れて訪れた深い森を思わせた。青々とした植物の重い芳香が充満している。

「いらっしゃいませ。……あれ、晃平くん」

晃平が一人で店に入ると、店長の重倉正道（しげくらまさみち）が笑顔で迎えた。

すらりと背が高く、眼鏡（めがね）が似合う好青年だ。歳（とし）は晃平よりやや上で、三十歳手前だと聞いたことがある。緩く波打つ長めの髪を肩先で遊ばせた様子は生花店の主（あるじ）というより、洗練されたモデルのようだ。

「こんにちは、正道さん」

「今日来るのは珍しいね。誰かへのプレゼント？」

「そんなところです」

にこやかに話しながら、晃平は改めてこの偶然に驚いていた。瑠華がスマホをなくした日、最初に立ち寄ったのが晃平も毎月行く店だったとは。

「三千円で、『季節の花』の花束を作ってもらえますか」

「かわいい感じと落ち着く感じと飾りやすい感じ、どれがいい？」

「ええと、かわいい感じで」

女子大生風のファッションを好む瑠華の回答を予想しながら答える。彼女が訪れた四月とは旬の花が違うが、それでも雰囲気は似せられるはずだ。

どんな人に贈るのか、といった踏み込んだ質問を重倉はしない。なぜなのかを以前尋ねた時、いろんな人がいるからね、と話してくれた。

重倉は二年前まで、他県で生活雑貨を製造するメーカーの営業部にいたそうだ。そして祖父母が生花店を引退するタイミングで会社を辞め、この店を継いだ。

最初は慣れない生花店の仕事に四苦八苦していたが、彼はあっという間に草花の種類や扱い方を覚え、経営を安定させてみせた。それどころかフラワーアレンジメントを学んだり、プリザーブドフラワーやバルーンアートを取り入れたり、と現代の若者に人気の高いサービスを展開し、今や「フラワーシゲクラ」はこの花渕東駅周辺の住民にとって欠かせない人気店になっている。この手腕を見る限り、会社員時代も相当なやり手だったことは間違いない。

晃平も毎月二十四日に、必ずここで花を買う。ゆとりがある時は小さな花束を、余裕がない時でも一輪挿しを。

ちらりと外の様子をうかがうと、彗が威嚇するようにサングラス越しににらんできた。早く終わらせろと言いたいらしい。勝手に有給休暇を取り、勝手についてきたというのに、勝手な男だ。

「晃平くん、外にいるマスクの子は友達？」

しっしっ、と片手を払っていると、重倉が気づいた。店のあちこちに置いてある水差しから切り花を抜き取りつつ首をかしげる。

「中に入ってもらったら？　そろそろ外も寒いでしょ」

「いいんです。あいつ、店に入りたがらないんで、気にしないでください」

「何か買わされそうで嫌だとか？」

「いや、あいつなら新品をその場で開けさせて、散々使用感を確かめた上でも断れますね」

重倉の邪魔にならないよう、店の奥に移動しつつ、晃平は肩をすくめた。

「店に入らないのはあいつ自身の事情というか……。ほら、家主が迎え入れない限り、家に入ってこられないタイプの妖怪っているじゃないですか。ああいうのと同じだと考えてもらえればと」

「ははは、晃平くんがそこまで言うなんて、よっぽどのことだね」

手際よく花を選び終え、重倉は店の奥にある作業台で花を整えた。

一本一本でも美しい花が、重倉の手にかかると芸術品のごとく輝きだす。魔法のような作業を晃平は惚れ惚れと眺めた。慣れているのか、重倉は晃平に視線を注がれても、特に気にする様子はない。

「晃平くんが誰かを悪く言うのは初めて聞いたよ。仲いいんだね」

「それだけはないです」

「でもお友達、手を振ってるよ？」

促されて振り返ると、確かに彗がこちらに向けてパタパタと両手を振っていた。何を遊んでいるんだと呆れかけたが、ようやく気づく。彗は片手に持ったスマホをしきりに指さし、何かを訴えている。

（スマホを見ろって？）

鞄に入れっぱなしだったスマホを取り出すと、彗からメッセージが三通届いていた。

『お前の正面にあるの何？』『花が邪魔！』『写真送れ』とこれ以上ないほど偉そうだ。

「正面って……ああ」

言われてようやく、晃平は自分の正面に設置されている小さな平机に目を留めた。チラシやフライヤーが置かれているが、店の外からではよく見えないようだ。

並んでいるチラシ類は生花店のものではない。新たにオープンした喫茶店の広告、児童館で行われる今月のイベント案内、駅前商店街にある小劇場で上演される演目のお知らせ、と多種多様だ。

共通しているのは全て花渕東駅周辺の情報、という点だろうか。宣伝したいことがある個人店舗の経営者が重倉に頼み、チラシを置かせてもらっているのだ。

（懐かしいな）

晃平も二年ほど前、世話になった。店を継いだばかりの重倉が近森探偵事務所に挨拶しに来たのだ。

そこで宣伝したいことがあればチラシを店に置く、と提案してもらい……晃平は事務所を開くだけでは依頼人が来ないのだとようやく気づいた。社会人経験がないとこんなことにも気づかないのかと、当時は自分自身に呆れたものだ。

「正道さん、このチラシの写真、撮ってもいいですか？」

「もちろん。というか、好きなのを持っていっていいよ」

そのために置いてるんだし、と重倉はあっさり頷いた。ありがたく晃平はチラシを全種類手に取り、写真も撮って彗に送る。何が気になっているのかは分からないが、眺めるものがあれば少しは暇つぶしになるはずだ。

「正道さんと最初に会った時のことを思いだします。あの時に置かせてもらったチラシを見て、何人かお客さんが来てくれたんですよ」

「それはよかった。でもあれは自分のためにしたことだからね」

「自分のため？」

「二年前、祖父母に『後は頼む！』って言われて、俺も大慌てだったたんだ。花の知識もないまま店を継がなきゃいけなくなったから、とにかく街の人に受け入れてもらおうと思ってね」

「それで挨拶に来てくれたんですね」

「そう。顔を覚えてもらうことと好感を抱いてもらうこと。これが飛び込み営業の基本なんだ」

　重倉は茶目っ気のある顔でパチンとウインクした。笑うと目尻がきゅっと下がり、優しげな垂れ目が強調される。

「花を贈ることも考えたけど、それだとちょっと弱いからね。商店街を回って、チラシを置きますって言うことにしたんだ。タダで宣伝できたほうがお店は助かるでしょ」

「さすが」

　お近づきのしるしに花を一輪もらうのも確かに嬉しいが、花はすぐに枯れてしまう。だが生花店に自分の店のチラシが置いてあれば、人は親近感を抱き続ける。

「うちに親しみを持ってもらえたら、その店でお祝い事があった時はここを利用してくれるしね。お客さんにも宣伝してくれるから、俺としてもすごく助かるんだ」

「一方的な善意で他店のチラシを置いたわけじゃない、ってことですか」

「晃平くんもあれから毎月来てくれるでしょ。長い目で見たら、むしろ俺のほうが得をしてるんだから、困ったことがあったらいつでも相談しにおいで」

「頼もしいなあ。そういう正道さんがいるから、つい通っちゃうんですよね」

「これからもどうぞごひいきに。さあできた」

お待たせしました、と店主の顔になり、重倉は花束を差し出した。全体的にこっくりとした落ち着いた色みの花束だ。秋の花であるコスモスやリンドウを、深みのあるグリーンでまとめている。

若々しさを感じさせる春の草花や、鮮やかなカラーが目を引く夏の草花とは違い、秋の草花には見る者の心を和ませる穏やかさがある。

「これも花ですか？」

花束の中に見慣れない植物を見つけ、晃平は首をかしげた。カサカサとした細い花弁が集まり、鞠（まり）のようになっている。渋みのあるオレンジ色の花弁と、ギザギザの細い葉はぱっと見、ドライフラワーのようにも見えた。

「ドライアンドラ。以前、お客さんからこういう花はないかって相談された時に調べてね。海外から仕入れたんだ」

「お客さんはこういう形の花がほしかったんでしょうか?」

「花言葉だそうだよ。『濃厚な愛情』なんだって」

「へえ、いいですね」

「重い、なんて言う人もいるだろうけどね。いつも月末に来てくれる晃平くんが今日来るってことは誰かへのプレゼントでしょう。『かわいい』花束を好む子」

「あはは」

うまく行くといいね、と笑顔で送り出され、晃平は曖昧な笑みで店を後にした。重倉には悪いが、そうした艶のある話題とは無縁の買い物だ。この花束も、事務所に適当に生けられて終わるだろう。

「おーそーいー」

外に出た途端、脇から文句が飛んできた。

待ちくたびれて不機嫌になった彗がずんずんと近づいてくる。

「店にいたのは十五分くらいだろ。長居したわけじゃない」

「待ち時間のことじゃなくて、頭の回転の話! なんでそんなに薄ぼんやりした顔で出てくるわけ? 絶対なんか見落としてきたでしょ」

「見落とすも何も、ここには毎月来てるんだ。いつも通り、いい花屋さんだよ」

重倉と会話して楽しかった気持ちがたちまち消える。

店の外で言い争う気にはなれず、晃平は店から少し離れた路地に入った。日当たりのいい大通りはからりとした秋晴れだったが、家々に挟まれた路地はどこか薄暗く、湿っぽい。人気のない路地にはどこか重苦しい空気が漂っていた。

しんとした空気に気圧され、無意識に晃平は声を抑えた。

「秋月さんがスマホをなくしたのはここじゃないって。この後、魚屋さんや酒屋さんにも寄ったそうだし、そのどっちかか、道中だろ」

「秋月瑠華が花束を作ってもらう間に、剝製魔が入ってきてスマホを盗んだのかも」

「誰か入ってきたらすぐに気づくし、すれ違えるほどの広さもない店だよ」

「でも植物ばかりだから見通しは悪いよね。後から来たなら気づくかもしれないけど、最初から店内にいた場合は見落とさない？」

「不審な行動をする奴がいたら、正道さんが気づくって」

「彼がグルだったら」

「そんなわけないだろ」

この言い草にはさすがに晃平もカチンときた。世話になっている人を疑われ、彗を見る目に険がこもる。

「なんでそんなに正道さんを疑うんだ？」

「店長だけを怪しんでるわけじゃないよ。これから行く先々、ちゃんと集中して調査しろって言ってるの。自分が何を相手にしてるか、忘れたわけじゃないでしょ」

「当然分かってる」

「どうかなあ。晃平、観察力も推理力もないし」

「だったら自分で確かめてくればいいだろ！……あ」

感情のままに叫んだ瞬間、晃平はハッと我に返った。自分が何を言ったのかを自覚し、苦い後悔に襲われる。

彗がじっとりと恨みがましい目でにらみ返してきた。悔しげに、そして苦しげに。

「悪い」

スッと頭が冷える。

重倉を疑われたことも、自分の能力の低さを揶揄されたことも腹立たしかった。しかし、そうだとしても、これは口にしていい言葉ではなかった。

（できないって、分かってたのに）

彗は「店」には入らない。デパートなどの開放的な大型施設はまだしも、個人経営の小さな店には絶対に。

小学二年生の時、何気なく入った玩具店で監禁されたことがあったためだ。

その日はたまたま彗以外の客がいなかった。たまたま店主の男が自分の欲望を抑えきれない性質だった。そしてたまたま彗が幼い頃から天使のような美貌を持っていた。

他にも色々な条件が重なり、その日、彗は姿を消した。

日が暮れても彗が帰ってこないことに彼の両親が気づき、事件が発覚した。付き合いが深かった晃平の家にも連絡が来て、父が深刻な顔で出ていったのを覚えている。自分も探すと言ったがそれは認められず、不安な気持ちで彗の無事を祈っていたことは今でもはっきり思いだせる。

日付が変わる頃、晃平の父が彗を連れて戻ってきた。涙ながら父に礼を言っている彗の両親を見て、ああ、父が彗を助け出したのだ、と晃平にも分かった。

玩具店の奥の部屋に捕らえられていたという彗の身に何があったのか、晃平は知らない。聞いてはいけないと直感的に分かったし、彗が自分から話してくれるまで待とうと思った。そして今日に至るまで、彗がその話をしたことはない。

「悪かった。今のは言っていいことじゃなかった」

「ほんとにねえ。ま、先に喧嘩(けんか)売ったのは俺だから許してあげるよ」

「売るなよ」

思わず恨み言を口にすると、彗は「暇だったから」と肩をすくめた。

それで終わりだ。二人の間に張り詰めた空気が溶けて消える。

(そりゃもどかしいよな)

自分で現場を見られれば多くのことが分かるだろうに、彗は誰かに依頼しなければならない。他人に頭を下げることも弱みを見せることも大嫌いな彼が、この状況を喜んでいるわけがない。彼の苛立ちくらいは晃平が受け止めるべきだった。

「さっき送った写真で何か分かったのか？」

「んー、もう少し確証を得……」

「ちょっといいかな。近森晃平くんだね」

その時、突然二人の会話に誰かが割り込んできた。

振り返ると、ずんぐりとした体型の中年男と、やや落ち着きのない若い男性が晃平たちに近づいてくる。

中年男性が慣れた手つきで懐から警察手帳を取り出し、晃平の眼前にかざした。

「花渕署の鯉沼と栗原と言います。少し話を聞かせてもらってもいいかな」

「刑事さんですか？」

驚く晃平とは対照的に、彗がサングラスの下ですうっと目を細めたのが分かった。共に成長してきた晃平だから気づけた程度のかすかな変化だ。

「刑事さんたちが晃平を訪ねてきたのは秋月瑠華の件？」

「何で分かった……というか君は？」

「助手だと思ってくれればいいよ。川内って言います、よろしく～……で、話を戻すと、晃平は探偵としての能力はないけど、うんざりするほど真面目で、横断歩道の赤信号さえ無視できない奴だからね。自分自身が警察のご厄介になるとは考えられない」

彗はすらすらと応えた。

「そもそも昨日依頼を受けて、今日刑事が来た時点で、秋月瑠華絡みじゃなかったら不自然でしょ。大方、秋月瑠華が探偵事務所に行ったことを小耳に挟んで、用件を確かめに来たってところじゃない？」

「むう」

「でも本人に直接聞かなかったことから考えて、警察は秋月瑠華に信頼してもらえてないんでしょ。被害者遺族に反感を買ってるなんて大丈夫？」

「……ぐう」

うめくしかない鯉沼を見かね、晃平は割って入った。

「すみません、こいつは性格が悪くて、口が悪いだけなんです」

「いいとこないじゃねえか」

「顔はいいよ」

「テメエで言ってりゃ世話ね……うお」

彗がマスクとサングラスを外した瞬間、鯉沼が大きくのけぞった。その横で大人しくしていた栗原も、ひえ、と引き攣った悲鳴を上げる。

「て、天使……」

「はぁい、よく言われる」

　謙遜せずに認めたものの、彗はあまり興味ない様子でさっさとマスクとサングラスを付け直した。

「ま、秋月瑠華を尋問しない程度にはプライドが残ってたみたいで何より何より。突然来られても、晃平が話せることはないけど」

　彗の言うとおりだった。探偵業をして知り得た依頼内容を他者に話すのは探偵業法に抵触する。たとえそれが警察機関でも。

「秋月さんに許可をもらえれば問題ないんじゃないか？　今、電話して……」

「う〜ん、刑事が来たこと、向こうには言わないほうがいいかも」

　スマホを手に取った晃平を、彗が止めた。

「うまく言えないんだけど」

「勘ってことか？」

「なんとなくね」

　瑠華が警察に不信感を持っているというのは直接話した時に晃平も感じていた。夫である雅也の失踪時に軽くあしらわれたことを今も恨んでいたくらいだ。

　そして、おそらく瑠華が嫌な思いをしたのはその時だけではない。

　剝製魔は瑠華が日課のウォーキングに出たわずかな時間を狙い澄まし、庭に剝製を置いたのだ。その際、協力者がいたのではないか、と刑事が考えた場合、疑惑の目はまず瑠華に向いたはずだ。

最愛の夫を亡くして絶望している時に、自分も犯罪への関与を疑われる……。

そんな体験をしたら、警察を一切信用できなくなってもおかしくない。

「俺が依頼内容を刑事に話したい、なんて言ったら、警察と結託して秋月さんを追い詰めようとしてると思われるってことか？」

「まあ、それもあるし、色々と」

彗は言葉を濁した。そして晃平が質問を重ねる前に、ひらひらと片手を振って話題を変える。

「話を聞く限り、秋月瑠華は相当追い詰められてるよね。下手に刺激したらやけになって、マスコミにあることないこと話し出すかも」

「それは」

「ひどい探偵に裏切られた、そいつは警察と結託している、この住所のこの探偵事務所は要注意！……そんな論調で語られたら、野次馬やら動画配信者やらが晃平の事務所にも押し寄せるかも」

「……っ」

想像しただけで血の気が引き、呼吸が乱れた。

　個人的な事情で晃平は世間の注目を浴びられない。どこかの映像に残ってしまえば最後、誰かが気づく。そうなればこの街を引っ越さなければならなくなるだろう。それですめばまだマシで、下手すれば平穏な日々が二度と戻ってこなくなる。

「鯉沼さん、情報開示請求を出してもらうことはできますか」

　それがあれば、瑠華に許可を取ることなく、警察に依頼内容を話せる。

「ほう？　そこまでするってことは、秋月瑠華の依頼は剝製魔に絡むことなのか？」

「融通が利かずにすみません」

「いや、あんたは信頼できる探偵のようだ」

　意外にも、鯉沼はあっさりと引いた。見た目は昔気質（むかしかたぎ）の刑事だが、かなり柔軟性がある。

（命令することはできたはずだ）

　晃平が従うかどうかは別として、刑事の中には「民間人の言うことは全て疑う。こちらの要求は全て呑ませる。謝罪したら負けだ」という態度で向かってくる者もいる。

　ただ鯉沼はそうした態度を少しも見せなかった。自分の仕事にプライドがある上、相手にも同じだけの信念があると思ってくれている。強面で頑固一徹な刑事に見えるが、人情味のある男だ。

　権力や暴力で脅して必要な情報をもぎ取ろうとしない彼に晃平は好感を抱いた。

「手続きを済ませたら、明日の朝、事務所に行く。かまわないかい」

「もちろんです。事務所は九時から開けていますので」

「おう、それじゃあまた」

鯉沼はくるりときびすを返した。黙って控えていた栗原もちょこまかとその後をついていく。

（ちょっと気になるな）

会話を鯉沼に任せていた栗原から、晃平は何度か視線を感じた。先輩刑事と話している探偵に向ける視線というには強く、驚きと熱意がこもっていた気がする。最後まで話しかけてこなかったということは、あの視線に特に意味はなかったのだろうか。それとも……。

「刑事まで出てくるとは面白くなってきたねえ」

遠ざかる鯉沼たちの背中を眺め、彗が薄く笑った。栗原の視線を気にした様子はない。彗が警戒していないのならたいしたことではないのかもしれない、と晃平も栗原に対する違和感をいったん脇に追いやった。

「面白がるなよ、不謹慎だ」

「はいはい。……ま、あの人たちが来るのが明日なら、今日はこのまま調査を続行できるね。引き続き、チラシの件から当たろうか」

チラシに関する重要な会話などしていただろうか。鯉沼たちが現れる前の会話を思い返してみたが、ピンとこない。

よほどそれが顔に出ていたのだろう。彗が絶望したようなうめき声を上げた。

「嘘でしょ、そこから説明しなきゃいけないの」

「わ、悪かったな。何かあったか？」

「もう終わりだあ」

さらに天を仰いでしまった彗に焦り、晃平は必死で頭をひねった。

「チラシってさっき正道さんの店で撮った写真のことだよな？　一応現物も一枚ずつも

らってきたけど」

「それだよう。ああ、もう……だから、それって今回の依頼をこなす上で、調べておか

なきゃいけない要素でしょ」

「なんで？」

「外から見てたけど、歩き回る店長の邪魔にならないよう、晃平は自然と机の正面に立

ったよね。……ってことは半年前、秋月瑠華も同じように移動したかもしれない」

彗は晃平が送った写真をスマホに表示させた。

「そこで暇つぶしにチラシを眺めて、何かに興味を引かれていたら？」

「なるほど……」

瑠華がスマホをなくしたのは半年前の四月十七日だ。たまたま新装開店したてのカフェのチラシを見つけ、買い物の途中で軽く休憩した程度の記憶は消えていてもおかしくない。半年前に置かれていたチラシが分かれば、瑠華の足跡を辿る際、新たな発見があるかもしれない。

「もう一度正道さんのところに行ってみよう。半年前のチラシを保管しているか、聞いてみる」

「んー、でも、わざわざ戻って確認するのもねえ」

晃平が訴えても、彗は引き返そうとしなかった。なぜ渋るのか、自分でもうまく説明できないようだ。

彗の勘は侮れない。昔、この道は渡らないほうがいい気がする、と彗が言った道でトラックのスリップ事故が起きたことがあった。あの人とは遊びたくないなあ、と名指しした人が後日、傷害容疑の現行犯で逮捕されたこともあった。

彗の話を聞いて行動した結果、晃平が難を逃れたことは何度もある。

彗は「勘」というが、後から思い返すと全てに根拠があった。

トラック事故が起きた道は連日の雨でぬかるみ、道が危険な状態だった。一見にこやかな好青年はこれまでも軽いミスを指摘されるたびに理論武装し、相手が謝罪するまで引き下がらない一面があった。

彗は自分でも意識しない間にそれらの情報を脳内に蓄え、言語化する前に「勘」という形で晃平に伝えていたのだろう。

年齢を重ね、小憎らしいほど弁が立つようになった今でも、時々彗はこういう言い回しをする。この先調べを進め、様々な情報が集まった頃にようやく彗の勘が何を意味していたのかが分かるのだろう。

「半年前のチラシが確認できればいいんだよな？　それならあそこにあるかも」

「どこどこ」

「一年くらい前、いなくなった飼い猫を探してほしいって依頼を受けたことがあったんだ。そこがちょっと特殊なお店で」

「特殊？　アダルト系？」

「オカルト系」

晃平が言うと、興味を引かれたように彗の目がキラリと光った。

口で説明するより、実際行ったほうが早い。運のいいことに、その店はすぐ近くにある。

路地をいくつか曲がると、ぽつんぽつんと空き地が目立つ中、小さな木造の家屋が建っていた。「摩訶堂」の看板が斜めにかかった、今にも崩れそうな二階建ての一軒家だ。

壁には剝がれかけた札がベタベタと貼られ、窓ガラスは曇っている。

「へえ、いい感じの雰囲気を作ってるね」

雰囲気がある、ではなく、雰囲気を作っている、と彗は言った。

それは正しい。外観は一見まがまがしいが、窓ガラスが曇っているのは埃のせいではなく、元々曇りガラスをはめているからだ。店の前にはゴミ一つ落ちておらず、戸や壁にも泥は跳ねていない。店主が毎日丁寧に掃除している証拠だ。

「ここならあるかも」

「行ってらっしゃーい。……あ、許可がもらえそうだったら、通話しながらスマホで店内を映してよ。俺も見たい」

彗は当たり前のように晃平一人を送り出す。晃平も黙って受け入れ、「フラワーシゲクラ」で購入した花束を彼に預けて、引き戸に手をかけた。

「ごめんくださ……ごほっ」

一歩店内に入った瞬間、ぶわっと複雑な香りの洪水が押し寄せてきた。東洋系のお香を何種類も焚いている。一つ一つはよい香りだろうが、いくつも混ざり合っていると何が何だか分からない。香害という言葉があるように、濃厚な香りの洪水に溺れそうになる。

「ま、前は何の匂いもしなかった気が……ぐっ、ごほっ」

むせながら、晃平は恐る恐る店内に足を踏み入れた。店内は薄暗く、目が慣れるまで時間がかかる。ランプや燭台（しょくだい）はあちこちに置かれているが、品物が多いため、その明かりが部屋全体に届いていないのだ。

壁には呪術で使うような謎めいた仮面が設置され、天井からは乾いた草やカラフルなタマネギが垂れ下がっている。あちこちの棚や机にも怪しげな人形やぬいぐるみ、老婆の手首を模した燭台や羊皮紙に描かれた宝の地図が並んでいた。

晃平が戸口付近でまごついていると、奥の暗がりで影が動いた。

「ああら、晃平ちゃん、お久しぶり～」

のそりと店の奥から現れた中年女性が晃平を見て顔をほころばせた。真っ黒な長い髪を胸元に流し、爪と唇は毒々しい赤色で染めた女性だ。黒いローブ風のワンピースを身につけ、首元には色とりどりの天然石で作ったロングネックレスを下げている。

奇怪な風貌だが、女性の声は親しげで、瞳にも温厚な光が宿っている。オカルトに傾倒しているわけではなく、単に趣味として楽しんでいる女性だ。

「ご無沙汰してます、アマリアさん。お元気ですか？」

「元気よお。晃平ちゃんもお変わりない？」

アマリアは笑顔で晃平を迎えた。

晃平と彼女の出会いは一年前、飼い猫の捜索依頼を受けた時まで遡る。幸い、二日間の捜索で猫は無事に保護できたが、アマリアはそれからも数ヶ月に一度、近森探偵事務所に顔を出すようになった。

暇なの、と笑っていたが、一人暮らしの晃平を気にかけていたのは明らかだ。晃平は密な付き合いが不得手だが、不思議とアマリアは気にならない。世話好きで話し好きだが、晃平のプライベートに無遠慮に踏み込んでこないからだろう。

（あの時の猫は……ああ、寝てる）

店に置かれた飾り棚の中で丸くなっている黒猫に気づき、晃平は微笑んだ。赤いガーベラを絨毯（じゅうたん）にして寝ているところは、まるで置物のように愛らしい。

「今日はどうしたの？　探偵のお仕事？」

「そうなんです。スマホで店の中を映してもかまいませんか？　ちょっと知りたがってる奴がいて」

「いいわよお。SNSでも公開してるもの」

「SNS？」

「イマドキはそういう営業もやっていかないとねって正道ちゃんが教えてくれたの。あの子、イマドキボーイだから」

「あはは、分かります」

重倉は元営業マンの知見を活かし、宣伝をおろそかにしない。流行に敏感で、店を華やかに飾っている。

「その件とちょっとかぶるんですけど……正道さんを真似して、アマリアさんもチラシ置き場を作ったって言っていませんでしたか？」

彗にビデオ通話をしつつ、晃平はアマリアに尋ねた。

「他のお店のチラシとかフライヤーとか。今日はそれを見せてもらいたくて」

「どーぞどーぞ。こういう小さな店じゃ助け合っていかないとねぇ」

大きな棚の裏に、腰の高さほどの棚が作られている。その上に多種多様なチラシが綺麗に並べられていた。

「バイク屋さんのケンちゃんや、レンタルショップの森さんもお客さん不足に悩んでいたから、みんなでチラシを作って、それぞれのお店に置くようにしたのよ。時々、それを見て、訪ねてくれる人もいるの」

「いいですね。アマリアさんがうちに来てくれたのも、正道さんのところに置かせてもらったチラシを見てくれたから、でしたもんね」

「そうなのよ～、ほんと正道ちゃんってば、やり手だわあ」

自分たちの縁を重倉がつないでくれたこともあり、しばらく重倉の話題になる。二丁目の誰それが重倉の作った花束を持ってプロポーズしたら成功しただの、四丁目の誰それが有名な絵画の賞を取り、重倉が作った巨大な花輪で個展会場を彩っただの。

華やかで幸福な話題が次から次に出てくる。

「俺まで元気をもらえます」

嬉しいニュースというのはいいものだ。自分事でなくとも、聞いているだけで幸せになる。

夢中で聞き入っていると、しびれを切らしたように出入り口の引き戸が乱暴に叩かれた。……彗だ。早く本題に入れ、ということらしい。

お客さんかしら、と腰を浮かせたアマリアを制し、晃平はチラシ置き場に目を向けた。重倉の生花店に置かれていたものとはチラシの内容が全く違う。「摩訶堂」にあるのはレンタルショップのセールや居酒屋が主催するイベントのチラシ、バイクの部品に関するものなど、成人を対象としたものが多い。

「確かに客層によって、チラシの効果は変わりそうですね。ああ、こっちには演劇のチラシも……、ぐっ！」

その中の一枚に目を留めた瞬間、晃平は銃で撃たれたような衝撃を受けた。

葉書サイズのフライヤーだ。

暗い背景の中、頭部に牛のかぶり物をした、上半身裸の男の人形が糸でつられている。人形の左右には斜めに立てかけた鏡がずらりと並び、合わせ鏡の一番奥からは赤い光が漏れていた。

――『キャトルの迷宮』。

まがまがしく装飾された文字が躍っている。

来週の土日を使い、近所で開催される人形劇の宣伝チラシだ。

「う……」

突然、胃の中身が逆流してくるような吐き気に襲われ、晃平は床に膝をついた。膝から崩れ落ちたというのに、痛みは感じない。ただ血の気が引き、視界にチカチカと光の粒が走りだす。喉が締め付けられたように息苦しくなり、額に冷たい汗が噴き出した。血液が冷水に変わっていく。指先を、手のひらを凍らせながら、冷たい血が全身を駆け巡る。

「は……あ、……ハァ……ッ！」

「ちょっと晃平ちゃん、どうしたの！　大丈夫？」

呼吸すらままならずにうずくまった晃平に、アマリアが慌てて駆け寄った。何でもないと言わなければ、と思うが、自分の表情すら制御できない。

「だ、大丈夫です。ちょっと、えっと寝不足で……」

長い時間をかけてそれだけ言った時、再び出入り口の引き戸が叩かれた。彗もビデオ通話を通して、晃平と同じ光景を見たのだ。

早く出てこい、というようにけたたましく引き戸を叩かれ、晃平は思わず苦笑した。

珍しく、外でうろたえている様子の彗を想像すると、身体の震えが少し落ち着く。

「すみません……今日はこの辺で……」

「ええ、ええ、全然いいわよ。それよりタクシー呼ぶ？　すぐ来てくれるから無理しないで」

「風に当たったらすっきりすると思うので……。あ、それより」

よろよろと店を出ようとした時、晃平は重要なことを思いだした。「これ」を調べずに店を出たら、後で彗に何を言われることか。

「半年前のチラシって残っていますか？　アマリアさんは物持ちがいいから、ひょっとしてって思って」

「ええ……今までのは全部あるわよ。どれもステキだから、記念に一枚ずつ」

アマリアは奥の棚から分厚い数十ものポケットがついたクリアファイルを持ってきた。

彼女が店にチラシを置き始めたのは二年前、重倉が提案した時からだ。二年分保存してあるなら、半年前に瑠華が見たかもしれないチラシも残っている確率が高い。

(花屋さんとオカルトショップじゃ、置いてあるチラシが違うかもしれないけど……)

ピンとくるものがなければ、その時は改めて重倉に尋ねてみればいい。

「大丈夫？　見られる？　よかったら持ち帰っていいわよ」

「いいんですか？」

「暇な時に眺めるだけだし、売り物でもないしね」

アマリアに礼を言い、晃平はずっしりと重いクリアファイルを受け取った。先ほど、動揺のあまり投げ出してしまった自分のスマホを拾い、息を吐く。

「慌ただしくてすみません」

「いいのよう、あたしもまた遊びに行くわ」

「待ってます。猫ちゃんもお元気で……。え」

愛猫に挨拶するつもりで飾り棚に顔を近づけ、晃平はハッとした。

「剝製……」

つややかな毛並みとヘーゼル色の両目は以前と同じ。

だが猫は瞬き(まばた)もせず、身じろぎもしない。丸くなった状態で、置物と化している。

「ずっと腎臓が悪くてねえ。よく闘病生活を頑張ってくれたわ」

アマリアが剝製を撫でながら苦笑した。

「ずいぶん迷ったのだけど、どうしてもお別れできなくて、剝製師の工房に頼んだの。かわいくしてもらえたと思わない？」

「え、ええ」

なぜ気づかなかったのだろうと晃平は思った。一年前、猫の捜索依頼を受けて訪れた時、この店は何の匂いもしなかった。アロマやお香はペットの害になるものも多い。飼い猫の安全のため、アマリアは自分の生活からそれらを排除していたのだろう。

だがもうその必要がなくなった。ゆえにアマリアはいくつものお香を焚いていたのだ。まるで喪失感を紛らわせるように。

「あたし、真っ赤なガーベラが好きなのよ。知ってる？　お花の中には猫ちゃんの毒になるものもあるから、なかなか飾れなかったけど、ガーベラなら安全って正道ちゃんが調べてくれたの。それ以来、ずっとお店にも飾ってたわ」

「とても綺麗です。ガーベラって白や黄色のイメージがありましたが、赤いのもあるんですね」

「花言葉は『神秘』。ふふふ、あたしと猫ちゃんにぴったりでしょ」

どう返せばいいのか分からず、はい、と曖昧に返事をすることしかできなかった。

真っ赤なガーベラに囲まれて丸くなっている猫はとてもリラックスしているように見えた。

大切に育ててきたことを疑う気持ちは少しもない。猫に安全な花を選んで飾り、猫に害のあるであろうお香は焚かず、アマリアは共に生きてきた。その死をどう受け入れるかは人それぞれだ。赤の他人である晃平が口を出せる問題ではない。

晃平は黙って、深く頭を下げた。今度クリアファイルを返しに来ると言い、店を後にする。

店を出た瞬間、彗が顔をしかめた。

「うっわ、くさっ」

「名誉毀損で訴えるぞ」

「わあ、余裕ゼロの答え。何それ、お香？　店内、どれだけ焚いてあったのさ」

「分からない」

彗と軽口を交わすことすら億劫(おっくう)で、晃平は預かり物を彼に押しつけた。片手に花束、片手にクリアファイルを抱える羽目になった彗が片眉を跳ね上げる。普段なら即座に文句が飛んだだろうが、この時の彗は何も言わなかった。彼ですらためらうほど、晃平の顔色は悪いようだ。

「ひどい顔。まあ、あんなの見たら、仕方ないけど。……というか、それ以外にも何かあった？」

「剝製があった」

新鮮な風に当たりたい一心で、よろめきながら晃平は路地裏から大通りに出た。さんさんと秋晴れの太陽が降り注ぐ中、爽やかな風を浴びてようやく一息つく。塀に背をついて座り込んだ晃平の隣で、彗がクリアファイルをめくりながら気軽に尋ねた。

「四人目？」

「……いや、猫だよ。飼い猫」

「何だ。そっちか」

何だとは何だ、と言い返したくなるのをグッと堪え、晃平は大きく息を吐いた。

「分かってるんだ。アマリアさんは飼い猫を愛してるからああしたんだって」

ただ猫の剝製を見た瞬間、晃平が本能的に感じたのは恐怖だった。まるで防腐液に漬けられた遺体を見た時のような感覚。

(剝製に使うのは、毛皮だけだ)

例えば豪邸に飾られた猛獣の毛皮を見て、死骸が放置されていると思う者はいない。動物愛護の精神からも批判は多いが、それでも毛皮のコートやマフラーを身につけている人を見て、動物の死骸を身体に巻いていると思う者もいない。

ただ飼い猫が生前の姿を模していた瞬間、晃平はそれを「遺体」だと感じた。生き物の魂は脳に宿るのか、心臓に宿るのかといった議論に答えはないが……。

(もしかしたら、「姿形」に宿るのか)

ならば被害者を剝製にする猟奇殺人者は何を考えているのだろう、と晃平はめまいを覚えた。

なぜ半年もの時間をかけ、遺体を剝製にするのか。

なぜそれを遺族に送り返したのか。

そこに何か譲れない考えがあるとしたら、一体それはなんなのか……。

【 4 】

解散、の一言で殺風景な会議室に騒音が響いた。部屋にすし詰めになっていた刑事たちが新鮮な空気を求め、我先に部屋から出て行く。

息の詰まる捜査会議を終え、鯉沼も一息ついた。会議中は自覚していなかったが、無意識に息を詰めていたようで、今になって肺がきしむ。

「今日も進展なし、か」

会議室脇に貼られた「花渕町遺体剝製化連続殺人事件」の文字を忌ま忌ましく眺める。あまりにも長いため、署内でも「剝製魔事件」で通っているが、正式名称を見るたびに鯉沼は何度でも絶望感に近い衝動を覚える。

分かっている範囲でいえば、この事件の被害者は三人だ。凶悪なテロ事件や、自暴自棄になった犯人による無差別殺人事件と比べると、被害者数は抑えられているといっていい。

それでも世間はこの話題で持ちきりだ。

犯人は被害者の遺体を半年かけて「弄ぶ」。皮膚を割り、脂肪を掻(か)き出し、筋組織を剝がし、内臓を抜き出し、眼球も舌も切除し、肉体の全てに手を触れる。

親でも子でも、決して触れない。

愛する人すら目にすることのない部位を、犯人だけが暴き立てる。

そのおぞましさは理性の範疇（はんちゅう）を超えている。想像しようとするだけで総毛立ち、冷や汗が噴き出すほどだ。

鯉沼も刑事として生きる道を選んだ身だ。万が一の事態は覚悟している。犯人ともみ合いになり、凶刃に倒れるかもしれない。一般市民と自分の命を天秤（てんびん）にかけ、生存本能よりも正義感を選ぶような事態が来るかもしれない。

……だが、コレは違う。この覚悟はまだできていない。

自分が殺され、剝製にされる。そして衆目に晒される。

そんなグロテスクな惨劇を受け入れる覚悟は少しもできていないのだ。

「鯉さん、鯉さん、一件目、どうなるんですかね」

自分のデスクで吐き気に耐えていると、隣にいた栗原がそっと顔を寄せてささやいてきた。そんなことをしなくても刑事課の喧噪でかき消されるだろうが、よほど他の者に聞かれたくない話題なのだろうか。

「一件目？」

ぼんやりと問い返した声は我ながら精彩を欠いていた。

気付け薬代わりに、煮詰まったコーヒーを飲み干す。ビリッとした苦みが舌を刺し、ぼんやりしていた思考がクリアになった。

「……ああ、一件目か」

先ほどの捜査会議で、ちょうどその話が出たのだった。

剝製魔事件の最初の被害者は今も警察署に保管されている。徐々にその剝製が劣化していることは常々情報共有されていたが、そろそろ限界に近づいているとのことだった。

「完璧に脂肪を取り除けてなかったのが原因だそうですね。皮膚の表面から腐った脂がにじんで皮膚が褪（あ）せてきている上、悪臭もひどい」

ぷん、と身じろぎした栗原から、ほのかな臭気が漂った。誰も彼もが捜査に追われ、身だしなみもあまり気遣えていない状況だ。自分も他人のことは言えないが、栗原から漂う臭いは刑事の汗や体臭とはどこか違う。もっと不快で、顔を背けたくなるような臭いだ。

（まさかこいつ、剝製の安置所に行ってんのか）

それならば、遺体の状況に詳しいこともうなずける。仕事熱心で何よりだ。

「髪も爪も抜け落ちてますし、衣服も脂染みでベタベタです。しかも変な噂（うわさ）も出ているそうですよ」

「変な噂？」

「見るたびに剝製のポーズが変わっているとか」

「刑事がオカルトに右往左往するなんて世も末だな。くだらねえ」

「俺もそう思いました。ただ、見間違いでもない気もします」

「ああ？」

「頭部の中にしっかりと詰め物をしていなかったせいですよ。そのため剝製の劣化によって内部に空洞ができてしまって、顔面がゆがんでるんです。はめ込まれた義眼もコロコロ動くので、目線が変わったように見えるんでしょうね」

「お前、そこまで調べてんのか」

「家に帰ってもすることないですから」

栗原はほんのりと唇を緩めた。そして持っていたノートパソコンを開いて、鯉沼の方に向ける。開かれたインターネットのタブは一つ一つが五ミリにも満たないほど小さい。膨大な量のウェブページを一度に開いているのだ。

「相変わらずお前は……。逆に効率悪いだろ、これ」

「いろんな人がいろんなことを言ってて面白いんですよ。大半は的外れな妄想ですけど、中には鋭いというか、警察内部からは絶対に出ないような視点で考察している人もいて」

「…………」

「まあ、それはそれで矛盾点が沢山あるんですけどね。捜査資料が見られないんだから仕方ないですけど」

　恋する少女のような目をしやがって、と何気なく思った直後、鯉沼はえもいわれぬ悪寒を覚えた。

　この事件のどこにも「恋する」要素はない。断じて。

「なあ栗原、刑事は事件を解決するのが仕事だ」

「はい？　ええ、はい」

　何を分かりきったことを、と言わんばかりの栗原に、鯉沼は渋面を作った。

「事件のことを考えるのはいい。市民の安全と犯人逮捕に全力を出すのもな。……でも生活全部をそっちに傾けるんじゃねえぞ。入れ込みすぎると取り込まれる。俺らが壊れたら、誰が被害者の無念を晴らすんだ」

「そうですね。……はい、その通りです。はい」

　虚を突かれたように目を見開き、続いて栗原は何度も頷いた。

　分かってくれたなら何よりだ。

（あの時みてえな悲劇は、もう二度と……）

　一瞬、苦い記憶が鯉沼の脳裏をよぎった。

　重く、絶望的で無力感に苛（さいな）まれる記憶。

　十一年前にも刑事をやっていた者なら、誰もが持っている感覚だ。あれほどの無念を、鯉沼は体験したことがない。二度と味わってたまるか、と思ってもいる。

「おう、鯉さん」

その時、同僚の刑事が声をかけてきた。四十代の、働き盛りの同僚だ。鯉沼とほぼ同時期に花渕署に配属され、共にこの街の平和を守ってきた。

「鯉さんが言ってた情報開示請求、通ったぞ。大至急だって強調したのが効いたな」

「おお、助かる」

同僚から書類を受け取り、鯉沼は安堵した。手早くお互いに今日の予定を確認しあい、同僚は上着を肩にかけて去って行く。彼は彼で、今日も靴の底をすり減らして捜査に当たるのだ。

「それが手に入ったってことは、今日はあの探偵くんのところに行くんですね」

「ああ、今から向かえば、午前中には着けそうだ」

昨日、鯉沼たちは花渕町の探偵、近森晃平に会いにいった。最初、事務所に向かった時は留守だったが、アパートの一階で喫茶店を経営しているマスターから彼と一緒に撮った写真を見せてもらえたため、顔が分かったのだ。

その後、商店街にほど近い通りで彼を見つけられたのは幸いだった。

初対面の印象は「感じのいい青年」だ。

突然鯉沼が話しかけた時も、刑事だと名乗った時も、彼は終始穏やかだった。何かあったのか具合が悪そうだったが、鯉沼たちに対する口調は丁寧で、友好的だったといっていい。

鯉沼たちがこうした視線を送られることは滅多にない。

市民が警察を必要とする時は大抵トラブルや犯罪に巻き込まれた時だ。

被害に遭った時は、追い詰められた動物のように必死な形相で刑事に詰め寄り、一刻も早く問題を解決してくれと訴える。

そして聞き込み捜査などで声をかけた時は、まず警戒心を露わにする。気づかないうちに自分がルール違反を犯していたのかと怯え、何を聞かれても無実を訴えようと身構える。

警察はトラブルを解消するための存在であると同時に、トラブルを持ち込む厄介な存在でもあるのだ。

だが晃平はそのどれでもなかった。まるで親しい親戚に会ったような態度で鯉沼たちを迎え、笑顔で応対した。

もしかしたら過去、警察が彼の力になったことがあったのかもしれない、と鯉沼は思った。そうだとしたら、顔も知らない仲間に礼を言いたい。なにかと嫌われることの多い自分たちが市民に受け入れられるためには、地道な努力を重ねて市民の信頼を得ていくしかないのだから。

(そうしねえと、また……)

「早く行きましょう、鯉さん。こんなところで会えるなんて思ってもいなかったので」

いきなり、栗原が顔をほころばせ、鯉沼を急かした。

「あ?」

「ちゃんと生きてて、しっかり働いてるんですね。親御さんも向こうで喜んでますよねえ」

「栗原、なんの話をしてるんだ」

「鯉さん、分かってたから、あんな簡単に引き下がったんじゃないんですか?」

今日の天気について話すように、栗原はさらりと言った。

「あの探偵くん、例の子ですよ。キャトル最後の犠牲者の息子さん」

「な——っ」

ガツンと頭を殴られたような衝撃で、鯉沼は絶句した。

先ほど脳裏をよぎった記憶がフラッシュバックする。

剝製魔事件と並ぶほど……いや、それを凌駕する凶悪事件がこの国では起きていた。

十三年前から十一年前の二年間、九州地方で発生した「左近市遺体損傷連続殺人事件」だ。

正体不明、神出鬼没のこの殺人鬼は被害者を殺害するだけではなく、遺体を座らせ、膝に置いた手の上に被害者自身の臓器を載せて放置した。

置かれた内臓は心臓や脳、腎臓や眼球など、多岐にわたる。いくつもの臓器をえぐり出すことはせず、被害者一人につき、取り出す臓器は一つだけだ。

内臓を取り出すという猟奇性から、いつしか報道関係者がキャトルミューティレーションになぞらえ、犯人を「キャトル」と呼ぶようになった。

ただ、元の単語の意味は血液や臓器が失われた状態の動物が発見される怪奇現象のことだ。

一九六〇年代には宇宙人の仕業だ、未知の生命体の仕業だと大騒ぎになったが、その後の調べで単に肉食獣に殺害され、内臓を食い荒らされたことが判明した。血液は土壌に染みこんだだけだということも。

科学捜査が未発達の時代だからこそ生まれたオカルトや怪談の類だ。それでも今もなお語り継がれている辺り、マニアの間では高い人気を誇っている。

キャトルは「畜牛」を、ミューティレーションは「切断」を意味する。猟奇事件との関連性から名付けるのであれば後者の単語を使うほうが適切だっただろうが、マスコミがこの事件の犯人を牛頭人身の怪物としてイラストにし、ワイドショーなどで盛んに取り上げたことから一気に世間に浸透した。

人々はいつの時代も分かりやすいアイコンを求める。

ギリシャ神話で迷宮の奥に棲み、生贄をむさぼり食う怪物ミノタウロス……連続殺人鬼「キャトル」はまさに現代に生まれたミノタウロスだと。

十人の犠牲者を出したこの怪物は十一年前、ようやく逮捕された。最後の犠牲者となる吾妻亮介、梢夫妻を自宅で殺害し、亮介の脳と梢の心臓を取り出した時、踏み込んできた刑事たちの手によって。

「あの時の……。じゃあ『近森』ってのは」

「ご両親どちらかの旧姓でしょうね。『吾妻』の名字はあの時期、とても名乗れる状況じゃなかったと思いますし」

「近森くんが探偵になっていたのは、親父さんの影響か」

吾妻亮介は左近市で有名な探偵だった。温厚で親しみやすい性格で、刑事と協力していくつもの難事件を解決したと聞いている。それゆえ、彼と連絡が取れなくなった刑事たちが必死に捜索し、殺人鬼キャトルの現行犯逮捕に至ったのだ。

晃平が自分たちに協力的なのは父親の教えか、と鯉沼は理解した。

日本の殺人の半数は家族間で起きるといわれ、事件が起きると被害者遺族は真っ先に疑われる。大切な人を亡くした傷も癒えない状態で、無遠慮な疑惑の目を向けてくる刑事に対し、恨みを持つ遺族もいる。秋月瑠華はその典型だ。

それを思うと、晃平が鯉沼たちに協力的だったのは奇跡に近いように思えた。日頃から警察に好意的だった父親の影響なのかもしれない。

「鯉さんは会ったことあるんですか？　吾妻亮介」

「バカ言え、管轄が全然違う。俺はずっとこっちにいるからな。左近市でキャトル事件が起きてた時、捜査に協力してる探偵がいるって噂を聞いた程度だ」

「でもその頃も鯉さんは現役だったんでしょう。生でキャトル事件の捜査状況を見られたなんてすごい」

「ふざけたこと吐かしてんじゃねえ」

自分で意図したよりも怒気のこもった声が出た。

肉食獣のうなり声のような鯉沼の声に、栗原がびくりと身をすくませる。自分でも失言を悟ったのか、彼は「すみません」と肩をすぼめてうなだれた。

しょぼくれる後輩の姿は哀れだが、今は慰める気にならなかった。当然だ。「アレ」は到底面白がっていい事件ではない。

「実際、関わった刑事が何人も退職したほどだ。アレは人ができることじゃない、まさに『怪物』の仕業だと、でかい図体の刑事が泣きじゃくってんのを見たことがある」

その男は鯉沼の、警察学校時代の同期生だった。

学生時代はこちらにいたが、その後故郷である左近市に帰り、刑事を続けていたところでキャトル事件に遭遇したらしい。

気は優しいが屈強で、正義感にあふれた男だった。そんな彼がキャトル事件を担当し、みるみるうちに憔悴していき、最後は精神のバランスを崩して退職した。

「被害者は年齢も性別もバラバラで、共通点は左近市周辺に住んでいたってことだけだった。被害者同士に接点もなく、通っていた職場や学校、習い事も被ってねえ」

「本当に無差別だったって話ですよね」

被害者はいずれも善良な市民だった。中には学生時代に補導歴のある者もいたが、隣人と大きなトラブルを抱えた者もいない。

そんな彼らが殺害され、内臓を取り出されたのだ。

犯人の「仕事」は丁寧で、無駄がない。不要な傷がないことから、被害者に苦痛を与えることが目的とも思えない。どの遺体も座らされ、手のひらに自分の臓器を置かれているという点が不気味だが、そこにどんな意図があるのかは見えてこない。

被害者を何かに見立てて殺害する「見立て殺人」ならば通常、どんな伝説や物語に見立てているのかを犯人ははっきりと示したがるものだ。そこに気づいてもらうことで自身の歪んだ芸術性を世間に知らしめることができるのだから。

だがキャトルの犯行からはそうしたおぞましい意図が何も読み取れなかった。察しの悪い警察や世間に業を煮やし、犯行声明を出すこともしなかった。

快楽でも憎悪でもない。何か理由はあるはずなのに、全くそれが見えてこない。

誰もが首をひねり、誰もがそこに囚(とら)われた。恐れ、怯え、震えながらも世間は猟奇殺人鬼キャトルを理解しようとした。

新たな犠牲者が出るたびに識者は議論を交わし、警察は捜査に心血を注ぐ。犯人を捕まえられれば、きっとその意図も分かるはずだと信じて。

猟奇殺人鬼キャトルは謎の基準と情熱を持って善良な市民を殺し続け……そして十人の犠牲者を出したところで逮捕された。

捕まったのは背が高く、筋肉質で、彫りの深い顔立ちをした三十代の男性だった。京間緋新(きょうまひさら)という芸名のような名前を持つ彼は現行犯逮捕された時もうろたえず、妙に澄んだ目で踏み込んできた刑事たちを見回して笑ったという。

そして彼は裁判を待たず、留置場で自死した。深夜、自ら舌を嚙みちぎるという方法で。

——私は何も語らない。

世間に対し、そう宣言するように。

彼の死をもって、猟奇殺人鬼キャトルは「伝説」になった。

殺人を犯すに至った理由も、具体的な犯行の手口も、何を基準にして被害者を選んだのかも、内臓を被害者の手に載せるという奇行の意味も、京間は何一つ語らずに死んだのだ。それが多くのクリエイターたちの創作意欲に火を付けた。

絵を描ける者は絵を、曲を作れる者は曲を、文章を書ける者は小説を、映像を撮れる者は映画やドラマを。

京間を主人公にした猟奇的なスプラッタホラーや、逃げ惑う被害者に焦点を当てたサスペンススリラーが多数制作された。

そして被害者遺族は彼らの玩具になった。真実を明らかにしたいというもっともらしい理由を並べた報道関係者やクリエイター、そして好奇心旺盛な群衆が事件に群がり、被害者のことを知りたがった。

被害者に「殺されるに値する理由」がないかを探り、ほんのわずかでも社会規範から外れたことをしていれば、彼らが京間以上の極悪人であるかのように責め立てた。そして彼らが歪んだのは周囲の人間……家族や友人のせいではないかと指摘した。

大勢の遺族が普通の生活を送れなくなり、姓を変え、住み処を替え、全国に散っていった。いつか誰かに正体を知られ、好奇の目で追い回されるかもしれないと怯えながら。

「……同期が憔悴したのはそれも理由の一つかもしれねえな」

実際の凶悪事件と、その後の世間の興奮と。

それらを切り分けて考えるのは難しい。キャトル事件の醜悪さは、事件当時、日本全土に蔓延した空気感そのものだったのかもしれない。

「近森くんは穏やかに暮らしてえだろう。剝製魔事件とつなげて騒がれることがないよう、俺らが気を配っておかねえとな」

「はい、ちゃんと保護しないと大変ですもんね」

「あ、ああ」

何気なく栗原が言った言葉に、鯉沼は違和感を覚えた。

今、何が気になったのかが分からない。少し考え、「保護」という単語の響きが原因だと思い至った。

まるで絶滅寸前の動物に対するような口ぶりに聞こえたのだ。自分が森林破壊を推奨しておいて、個体数を減らした野生動物を哀れむ者に似た声音。

「いや、気のせいか……」

「鯉さん？」

「何でもねえ。行くぞ、栗原。近森くんに秋月瑠華の依頼内容を聞かねえとな」

違和感を振り払い、鯉沼は席を立った。慌ただしくノートパソコンを小脇に抱えてついてくる栗原の存在を感じながら、横目で彼の様子を確認する。

（栗原、よく近森くんが吾妻亮介の息子だって分かったな）

当時十四歳だった少年は二十五歳の青年に成長していた。目鼻立ちは同じだが、最初に受ける印象は全く違う。鯉沼も十一年前の被害者遺族「吾妻晃平」の写真は見ていたが、栗原に言われるまで晃平が彼だとは気づかなかった。

秋月瑠華が近森探偵事務所に行った情報を摑んできたのも彼だし、晃平がキャトル事件の被害者遺族だと気づいたのも彼だった。

いつもぼんやりしている男だと思ったが、栗原もまた事件解決のため、あちこちにアンテナを張っていたに違いない。真面目なところもあるな、と鯉沼は栗原に対する認識を少し改めた。

＊　＊　＊

重い闇が廊下に充満していた。

抗って進もうにも、わずかに身体を動かすことすら難しい。片足を浮かせただけで軸足がぐらつく。内臓の奥が絞り上げられるように痛み、瀕死の動物のように途切れ途切れの息が口からあふれ出る。

それでも足は止められない。首に縄を巻かれた罪人のように前に進む。

引き返せ、と頭の中で誰かが叫んだ。

この先に行ってはいけない。この先を見てはいけない。

見たら必ず呪われる。毎日毎晩毎秒、「死」の気配と共に生きることになる。

頭の中で声がする。いくつもいくつも折り重なり、一つ一つは聞き取れない。

早く後ずされ、逃げ出せ、それがあの人たちの願いでもある。命をかけて、彼らは自分を逃がすために、いや、正義のため、互いの違う愛情が、そうじゃないこれは罠だ化け物が、なぜいる、仕組まれたのは、疑えこれはあいつの、いや不可能だ迷宮が作られた、どうして今、ありえない逃げ口このままデは殺サレ早ク……。

――ギシ。

「…………ッ」

不意に床がきしむ音が聞こえた。

その瞬間、全身を押さえつけていた重力がふっと消え失せた。濁った色の空気も散り散りになり、見慣れた景色が目の前に広がる。

改めて顔を上げると、そこは住み慣れた我が家だった。

背後のドアから吹き込んできた茜色の風の影響か、廊下はセピア色に染まっている。

気づけば肩には大きなボストンバッグを担いでいた。

……そうだ、自分は今、一週間のサッカー合宿を終えて帰ってきたところだった。

急にそれを思いだす。

貸し切りバスで郊外の合宿所に行き、仲間たちとみっちり汗を流した。身体はヘトヘトだが、心は充実している。合宿の成果はまずまずで、この調子ならスタメンになれるかもしれない。今年こそは県大会で優勝し、全国へ。

両親もそれを応援し、笑顔で合宿に送り出してくれた。帰宅時間などは顧問が保護者に渡してくれた「しおり」に載っていたので、自分からは特に連絡もしなかった。帰れば、母が笑顔で迎えてくれる。父は最近仕事が忙しいようだが、帰宅していれば話を聞いてくれるだろう。

疑いもなくそう信じて帰ってきたのに。

――ズズ、ギシ……。

ただいま、と玄関を入っても、母親は姿を見せなかった。

廊下の右手には二階へ続く階段が、左手には応接室に続くドアがある。明かりが部屋から漏れている。二人とも応接室にいるのだろう。

ただいま、と再度言おうとして、なぜか舌が喉に張り付いたように声が出なかった。

応接室のほうから途切れ途切れに物音がしている。

ギシギシ、カチャ、ズッ……ギシッ。

人の歩く音に聞こえるが、足音の重さに違和感を覚える。華奢(きゃしゃ)な母親はあんな重い足音を立てない。快活でフットワークの軽い父親も、あんな歩き方はしない。

なら……応接室から聞こえる足音は誰のものなのか。何かを引きずり、何かを持ち上げ、何か作業をしているような、あの音は一体。

――ギシ、ズッ、ズッ、ズズ……。

恐る恐る応接室に近づいた。なぜか音を立ててはいけない気がした。息を殺し、足を震わせ、ゆっくりと。

——ギシギシ……ギシ。

応接室の扉から中をのぞいた時——足音が止まった。

応接室に誰かが立っている。山のように大きな黒い固まり。

うねる黒髪と筋肉質な、むき出しの上半身。

ゆっくりと振り向いたのは、頭部が牛の、

（怪、物）


「……ぁ、ああっ」

自分の叫び声で晃平は目を覚ました。

誰かに首を絞められていたかのような感覚で、一瞬パニックに陥る。のしかかってくる怪物から逃げようとして死に物狂いでもがき、少し遅れて我に返った。

三年間住んできた部屋には自分以外、誰もいない。遮光カーテンの隙間から、白々とした夜明けの気配が漏れているだけだ。

ベッドサイドの時計を見ると、朝の五時。普段に比べ、二時間以上も早い起床だ。

「は……」

荒い呼吸と爆発している心臓をなだめ、晃平は仰向けに四肢を投げ出した。その瞬間、どろりとした疲労感で身体がベッドに沈んでいく。

よほど必死に噛みしめていたのか、奥歯がしびれている。全身も死後硬直のように固まり、ギシギシと痛んだ。

頭が痛い。心臓が痛い。

力尽くで頭を割り開かれ、脳を取り出されたようだ。胸骨をこじ開けられ、力任せに心臓が引きちぎられたようだ。

いつも、こうだ。

この夢を見る時、晃平は毎回「意識のある死体」になって目覚める。

もう何十回、何百回見たか、覚えていない。十一年前は毎晩この夢を見てうなされ、夜中に目覚めては闇に怯えてうずくまっていた。

それが次第に二日に一度になり、三日に一度になった。一日中ベッドから起き上がれなかったのが半日寝込むだけで済み、それが三時間になり、二時間になった。

握りしめていた両手の拳をゆっくりとほどき、ベッドの上でストレッチをする。

身体をほぐせば、身体が元に戻っていく。死体から、生きている自分自身へと。

そう信じて、指を動かし続ける。

――「あの日」、部活の合宿から帰り、応接室で両親の遺体を見つけた。

父の亮介は衣服を着たまま、壁に寄りかかるようにして正座していた。一見無傷に見えたが、実は後頭部をのこぎりのようなもので開頭され、大脳を取り出されていたという。それを膝の上にそろえた手のひらに載せ、彼は事切れていた。

母の梢は上半身の衣服を脱がされ、左胸をえぐられていた。肉と肋骨(ろっこつ)を切除し、その奥で脈打つ心臓を取り出され、亮介と同じように手に載せられていた。

二人ともうつろな目を床に落とし、微動だにしなかった。

ただ内臓を取り出すために開けられた穴以外の傷はなかった。応接室には血も流れていなかった。後で分かったことだが、彼らは浴室で殺され、綺麗に血を洗い流された後で応接室に運ばれていた。

だからなのか、あの時、応接室で二人を見た時、晃平はきょとんとした。二人が晃平をからかうために、悪趣味ないたずらをしているのだと思ったほどだ。もしくは、両親そっくりの人形が置いてある、と。

立ち尽くした晃平に気づき、侵入者が振り返る。当時の晃平は誰なのかも分からなかったが、その後、京間緋新という名の男だと知った。彼こそが左近市で大暴れしていた猟奇殺人鬼「キャトル」なのだと大人たちに聞かされた。

（そう、だ）

十一年前、晃平は自宅で両親を殺害した京間と遭遇した。振り向いた京間は妙に澄んだ目で晃平を見つめ、近づいてきた。

ただあの日の夢を見る時、晃平が応接室で遭遇するのはいつも半人半牛の怪物だ。京間という一人の人間ではなく、猟奇殺人を繰り返す「キャトル」。何も話さずに自死した彼のせいで、事件は今も解明されたとは言えないままだ。

二時間ほどベッドの中でぼんやりしていると、ようやく起き上がる気力が溜まった。晃平はのろのろと身を起こし、重く息をつく。

「情けない」

十一年経ち、日中は落ち着いて生活できるようになってきた。人と笑顔で会話をし、食事や飲み物をおいしいと感じることもできている。

だが悪夢で飛び起きるたび、自分が身につけた穏やかさは上辺だけのものにすぎないと痛感するのだ。自分は未だ(いま)に重くて暗い、地獄のような迷宮で迷っている。

『ご両親は君のために命をかけて、事件を解決に導いたんだ』

事件の後、多くの人にそう言われた。早く乗り越えろ、という言葉と共に。

『君がこれから成長することがご両親への恩返しだ』

『君が覚えている限り、ご両親は死なないよ』

『君は幸せにならないといけない。そしてご両親のような立派な大人になるんだ』

自暴自棄になるな、自分の人生を価値のあるものにしろ、それが両親への恩返しだ、と数え切れないほどの人に、何度も言われた。

名前を知っている人もいた。事件の前はよく喋った人もいた。そして……名前も顔も知らない人も無数に湧いた。病院関係者や警察だけではなく、報道関係者やワイドショーのレポーター。そしてなぜか芸能界のご意見番を名乗る人物や、政界に関わる者まで、誰もが晃平に会いたがった。

そして誰もが同じことを熱っぽく、うわごとのように繰り返した。

両親の死を無駄にするな。苦しみ、傷つき、その上で立ち上がれ。負けるな。頑張る姿を我々に見せてくれ、と。

『マジで笑える』

そんな中、一人だけ彼らの声に冷笑を浴びせた奴がいた。

神が直接手がけたように美しい容姿を侮蔑で歪め、何重にも群がる大人たちの輪から晃平を引きずり出した。

『弱った子供を合法的に殴れて、ずいぶん楽しそうだね。一応善意でラッピングしてるから、誰かに指摘されてもしらを切れるもんね。自分はただ励ましただけだ、これで傷つくなんて思わなかった、そんな風に受け取るなんて、よっぽど絶望しているのね、かわいそう、ああ、かわいそう、かわいそうってさ。哀れんでおけば、誰にも非難されないし』

せせら笑う彼の言葉に、大人たちが絶句した光景を覚えている。全員が気まずそうに顔を背けたのを見て、晃平は彼の言葉が正しいのだと察した。

『被害者遺族に特等席から石をぶつけるのってそんなに楽しい？　ああ、違うなんて言わないでよね。あんたら全員、今、すごい笑顔。まあ自分じゃ顔を見られないだろうから、写真撮ってあげるよ、ハイチーズ』

実際、大人たちにインスタントカメラを向け、彼が撮影ボタンを押す。カシャリと軽やかな音が鳴った時、誰もが写真を撮られたら消滅するモンスターのように顔を隠して後ずさったのが印象的だった。

あの時の記憶はずいぶんおぼろげだが、それでもこうして覚えている。

彗は自分のそばにいた。

そして、心から優しい人たちもいた。晃平に名乗りもせず、革製の造花を贈ってくれた人や、静かに眠れるようにいつもベッドを整えてくれた看護師、さりげなく気にかけてくれた人たちもいた。

そうした記憶があるから、晃平はなんとか生きてこられた。

「…………」

のろのろと仏壇に目を向ける。

こっくりと落ち着いた色合いの花々が生けてある。

匂いは淡いが、その分部屋によくなじんでいる。花束をまとめてくれた重倉の笑顔が脳裏に浮かんだ。

そして、その脇に置かれた革製の造花を見て、さらに心が落ち着いた。

――ピン、ポーン。

独特のテンポでチャイムが鳴る。

今日は火曜日だ。昨日に続き、連日で会社を休んだ不良会社員が家に押しかけてきたのだろう。

ドアを開けるなり、カフェオレを所望してくるであろう厄介な訪問者のことを考えると、起き上がることができた。

「……生きないとな」

自分に言い聞かせるように、晃平は声に出して呟いた。


「これが書類だ。改めて、秋月瑠華の調査依頼について聞いてもいいかい」

彗の訪れからしばらくし、昼頃に二人の刑事が訪ねてきた。昨日、道ばたで声をかけてきた二人組だ。

動きは機敏だが、全身からほのかな疲労感が漂っている。連日、捜査で身体を酷使しているのは明らかだ。

少しでも気付け代わりになれば、とコーヒーを淹れたが、二人は手を伸ばさない。晃平はしみじみとその様子を眺めた。

「本当にそうなんですね」

「そう、とは？」

「ああ、すみません。お茶やコーヒーも賄賂に当たる可能性があるから、刑事さんは口を付けないと以前、聞いたことがあって」

「古い考えが身体に染み付いてるだけだ」

鯉沼はニヒルな仕草で唇を歪めた。口調は横柄だが、不思議と親しみやすい。晃平を威圧する様子はなく、むしろ場の空気を和ませるように見えたからだろうか。

「まあ、お茶飲んでる場合じゃないよねえ」

せっかくくつろいだ空気になりかけたところで、ソファーの背もたれに行儀悪く腰掛けていた彗がせせら笑った。

「ここまで剝製魔を野放しにしておいて、のんきにお茶してるところを動画に撮られてネットで拡散されたら大バッシングだろうし。署には抗議の電話が殺到し、ますます捜査がはかどらず、第四、第五の剝製が送り付けられて警察の威信は地に落ちそう。わあ怖い」

相変わらず彗は刑事相手でも全く遠慮しない。無意味に鯉沼たちを煽る彼をにらんで黙らせ、晃平は本題に入った。

「秋月瑠華さんからはスマホを探してほしいと依頼を受けたんです」

「スマホ？」

「はい、夫の雅也さんが失踪した当日になくしたそうで。なので剝製魔がこっそり抜き取った可能性が高いと見ています。ただ秋月さんは剝製魔が絡んでいるとは考えていないようでしたし、今のところは有力な手がかりもありません」

「はー……、そいつは初耳だ。同日にスマホをなくしたなんて、秋月瑠華はうちらにゃ一言も言わなかったんだがな」

「刑事さんたちは今、忙しいと秋月さんも分かっていたでしょうから」

苦し紛れにフォローしたが、鯉沼にはバレバレだ。

「気を遣わなくていい。まあこっちにも言い分はあるが、こんなことが起きちまった以上、完全に警察の失態だ」

「言い分？」

「秋月瑠華はこれまで夫と連絡がつかなくなるたびに、近くの交番に駆け込んでたようでな。誘拐だ、失踪だって大騒ぎして行方不明者届を出すが、旦那はちょっと外で飲んでただけだった、みたいなこともあったそうだ」

今度は晃平が驚く番だった。そうした話を瑠華は一言もしなかった。

「勘違いだと分かった時も、自分から警察に連絡を入れることはしなかったらしい。交番の奴が気にして確認するたび、『とっくに帰ってるけど？』なんて反応をするんだと」

「それは……」

どうやら悪い出来事が重なったようだ。半年前、秋月雅也の行方不明者届を受理した警察官は面倒くさがりなどではなく、むしろ非常に仕事熱心だったようだ。事故の可能性も考えて、病院にも確認したのだから、決して職務怠慢だとは責められない。

「秋月さんとは認識の相違があったようですね。いつかきっと分かってもらえる日が来るはずです」

「そうだといいね。この件じゃ、俺たちは責められるばっかりでな」

「難しい事件ですから無理もありません」

「せめて次に犯人がどこで被害者を攫うのか分かったら、待ち伏せできるんだが」

それができれば苦労しないことは、鯉沼自身が痛感しているだろう。夢見がちな自分を恥じるように鯉沼は肩をすくめた。屈強な刑事が見せた弱々しさに、晃平は胸をつかれる。

「できることは何でも協力します。スマホ探しの過程で何か分かったらお教えします。きっと犯人を捕まえられると信じましょう」

「ああ、そうだな」

それは父の教えでもある。警察と探偵が協力し合えば、沢山の人を助けられる、と。

出会ってからまだ一日しか経っていないが、鯉沼は信用できると感じた。まなざしや口調、態度から正義感と、市民に寄り添う姿勢を感じとれる。

（栗原さんのほうはまだよく分からないけど）

今日も彼は話題の進行役を鯉沼に任せ、大人しくしている。それでいて、ちらちらと視線を向けられるのが居心地悪い。

そんな晃平の心境を知ってか知らずか、鯉沼は自分の手帖（てちょう）にいくつかの数字を書き、一枚破り取って差し出した。

「刑事課の連絡先と、俺と栗原の番号だ。何かあったらいつでも知らせてくれ」

受け取ろうとした時、背後からぬっと伸びてきた指が晃平の手からメモをかすめ取った。

彗だ。

何か爆弾を落とすつもりだ、と長年の付き合いからピンとくる。

思わずひるんだ晃平に、正解だというように彗はにんまりと笑った。そして鯉沼に流し目を向け、

「剝製魔が次に被害者を攫う場所が知りたい、だっけ？　教えてあげようか」

「はあ⁉」

彼をのぞいた三人が一斉に声を上げた。

期待通りの反応だったのか、彗は子供のように上機嫌で話を続けた。

「次の犯行は来週の土日。時間は十八時。場所はここの近所の峰さんって人の家だよ」

「ちょ、ちょ、ちょっと待て、彗。説明しろ！」

「なんで晃平まで動揺してるのさ。お前が昨日、教えてくれたんでしょ」

「何を⁉」

「これだよ」

彗は昨日、晃平が「摩訶堂」で借りたクリアファイルをテーブルに広げた。何枚かチラシの入ったポケットをパラパラとめくり、ある一点で手を止める。ちょうど半年前の四月辺りに行われたイベントやセールのチラシが目に入った。

その中に、晃平が店内で見た人形劇の宣伝もある。

牛のかぶり物をした人形が合わせ鏡に囲まれている画像は全く同じ。開催日だけが半年前の四月十六日と四月十七日の土日だ。

さらに彗は最新のチラシが入っている一番最後のポケットをあさった。そこにも、同じチラシが入っている。書かれた日時は十月二十二日と二十三日の十八時。場所は「峰信子宅」だ。

「う……」

再び血の気が下がる感覚があったが、かろうじて堪える。自分を立て直すためにコーヒーを飲み干し、晃平は一息ついた。

「この劇、半年前にもやってたのか」

「それだけじゃなくて一年前と一年半前にもやってる。全部月半ばの土日で、時間は十八時から。場所も同じだね」

「待て待て待て、さっぱりついていけねえ！　全部説明しろ。なんで人形劇が剝製魔事件とつながるってんだ⁉」

動揺のあまり、鯉沼が裏返った声で怒鳴った。悪童めいた笑みを一層深め、彗は得意げに鯉沼に向かって片眉をあげた。

「被害者たちの行方不明者届が出されたのって一人目が去年四月二十一日の水曜、二人目が十月二十日の水曜、三人目が今年の四月十七日の日曜だったよね」

「あ、ああ、そうだが……なんでそんなこと知ってんだ」

「この事件は今、世界中で注目されてるじゃない。一度でも報道されたら、絶対誰かがネットにまとめてる」

「ぐう……」

「でも転載されつづけてると、どこかで間違った情報に変わることもあるから、刑事さんに確認したいわけ。一人目は家族と別居中で、二人目は一人暮らし。それで家族が失踪に気づくのが遅れたとしたら、届けが出された曜日に多少のばらつきがあるのは仕方ないよね。それに引き換え、秋月瑠華は夫の帰りがちょっと遅くなるだけで大騒ぎする性格らしいから、連絡がつかなくなれば、その日のうちに行方不明者届を出してるはず」

「だから秋月雅也は四月十七日に攫われたと言える……。で、その日にやってた人形劇の現場が怪しいっておめえさんは思ったのか?」

「たまたまってことはないのか、彗。人形劇も事件も定期的に起きているなら、偶然その二つが近い日付だっただけかもしれない」

「それは秋月瑠華に確認すればいいじゃない。ほら、電話電話」

昨日、彗は「警察が瑠華の依頼について調べていることは言わないほうがいい」と晃平を止めた。それにもかかわらず、今日は連絡しろとせっついてくる。理由を付けて断ろうにも、三人の視線に晒され、それもできなかった。

(断りたい、のか、俺は)

無意識に視線を泳がせ、晃平は唇を噛んだ。ドクドクと心臓が嫌な音を立てている。

嫌だ、嫌だ、と晃平の体内で自分自身が叫んでいる。

(そうか、断りたいんじゃなくて)

……関わりたくない、だ。

キャトル事件を題材にした人形劇のチラシを見るだけで、晃平はダメージを受け、悪夢を見た。この先、剝製魔事件の調査を進めるたびにキャトル事件の影がちらつくと思うだけで、身体がすくむ。

人助けがしたかった。家族を殺された瑠華の心の支えになってあげたかった。

瑠華のスマホを探し歩いた道の先に剝製魔がいる覚悟はできていた。

……だが、キャトル事件に触れる覚悟はできていない。その覚悟はとてもできない。

自分は生きている殺人鬼よりも、「キャトル」のほうが怖いのだ。十一年も経ったのに。

「晃平」

とんと軽く肩を小突かれ、晃平はハッと我に返った。ソファーの背もたれから身を乗り出し、彗が早くしろと言いたげに促してくる。

「分かってる」

彼の様子はいつも通りだ。小憎らしいほど落ち着いている彗を見て、ようやく呼吸の仕方を思いだす。

意を決し、晃平は自分のスマホを操作した。

彗が「自分にも聞かせろ」と身振り手振りで促してくる。頷き、スピーカー通話に切り替えた。

『不気味な人形劇のフライヤー？』

ホテルにいるであろう瑠華はすぐに応答したが、反応は鈍かった。しばらく考え込んだ後、ようやく「ああ」と声を上げる。

『そういえば、あったかも。まーくんがどこかのお店に置いてあるのを見つけて、持って帰ってきたの』

「雅也さんは人形劇のことをご存じだったんですか」

『うん。でも観に行ったりはしてないよ』

「そうなんですか？」

『だって行かないって言ったもん。実際に起きた事件の劇なんて、観たがる人の気が知れないよ。気持ち悪い。ありえない。信じられない。フライヤーも捨ててって頼んだら捨ててくれたし』

「そうでしたか」

『それより、調査はちゃんとしてくれてる？　昨日の報告は……』

「すみません、まだ調査中ですので、何か分かったら、またかけます」

挨拶もそこそこに、晃平は通話を切った。事務所内に静寂が戻り、晃平たちは誰ともなしに視線を交わし合う。

「まあ、今ので分かったが」

ぎこちない空気の中、この場を代表するように鯉沼がうめいた。

「あれは行ってるな」

「行ってますね」

「確実にね」

栗原に続き、彗もニヤニヤと笑いながら首肯した。

瑠華には申し訳ないが、晃平も三人と同意見だ。

雅也自身が興味を持ち、フライヤーを持ち帰ったのなら、なおのこと。妻に黙って、こっそり出かけた可能性は高い。その日、自分の身にどんな悲劇が起きるのかも分からずに。

（観たがる人の気が知れない、か）

そこだけは瑠華に同意する。人の趣味に口を出すのは褒められた行為ではないと分かっているが、それでも。

「さすがに俺と晃平じゃ一人目と二人目は接点がないし、鯉沼刑事たちのほうで調べてくれない？　二人とも人形劇を観に行ってたら、この劇の開催日と開催場所が剝製魔の拉致現場になった可能性が高いでしょ」

「おう」

「それと、秋月雅也の剝製が秋月家の庭に置かれた日、『ハイ・コーポ花渕』の屋上に剝製魔がいたはずだよ」

「はあっ？」

　鼻から魂が抜けるような声で鯉沼が奇声を上げた。

　先ほどとは打って変わり、彗はあまり興味もない様子で言い捨てる。

「剝製魔は被害者を剝製にするような劇場型の犯罪者でしょ。現に一人目は公園に、二人目は駅前広場に剝製を置いてるし、世間の反応を知りたがってるよね」

「より多くの人の目に触れるように、か？」

「そうそう。でも被害者と無関係の一般人だと、剝製を見つけた時の反応は驚きや恐怖だけじゃない？　そんな単純な反応じゃ我慢できなくなったから、秋月雅也の剝製はわざわざ自宅に置いたんだ。秋月瑠華の行動を入念に調べて、目撃者が途絶えるほんの一瞬を狙ってね」

「そこまで危険を冒す価値があったのか」

「そりゃ最愛の夫の剝製を見つけた妻の絶望や驚愕(きょうがく)、悲嘆や慟哭(どうこく)なんて唯一無二のものなんだし。しかもたった一度きりのスペシャルライブなんだから、絶対、生で観たいって」

「彗、その言い方はやめろ」

　晃平は怒りを込めて、彗の台詞(せりふ)を遮った。揉(も)める気はない、というように彗はあっさり引き下がる。

「絶対現場に足を運んだはずって言いたかっただけ。それで、あの庭がはっきり見えて、かつ人目につかない場所を探したら『ハイ・コーポ花渕』がぴったりだったんだ」

晃平は昨日の朝、秋月家に行った時のことを思いだした。

あの時、彗は「フラワーシゲクラ」に直行せず、なぜか辺りを見回してから脇道にそれた。そして三十メートルほど離れたマンションで立ち止まり、マンションの名を確認してから生花店へ向かったのだった。

「あの時、見てたマンションがその現場だったのか」

「あのマンション、古くてオートロックもついてなかったし、侵入しやすそうだったからね。まあ、あの場所から剝製魔につながる証拠が見つかる可能性は低いだろうけど」

「なんで？」

「半年かけて剝製を作る犯人だよ？　根気があって、理性があって慎重だ。マンションの住人の行動を調べて、目撃されない死角を選んでるはず」

「そんな犯人が現場にゴミを捨てたり、指紋を残したりするとは考えにくい、か」

「でも万が一ってこともあるから、そっちの捜査も鯉沼刑事たちにお願いしたいわけ」

天使のように無邪気に彗が微笑んだ。

何かを言いかけたが何も思いつかなかったのか、鯉沼はたった今、試合を終えたボクサーのようにソファーに深く沈み込んだ。そうかと思うと猛犬のようにうめき、ガリガリと頭をかき回す。

「剝製魔が次に犯行を犯す現場と日時……それに秋月雅也の遺体発見時の居場所だと？　どうなってんだ。こっちはこの一年かけて、何の手がかりも摑んでなかったんだぜ」

「それは頭のできが違う……あいたっ」

晃平が背後に振った腕が、うまく彗の額に当たったようだ。彗は恨みがましく唇を尖らせ、晃平をにらんだ。

「理不尽だ。なんで捜査協力した俺が怒られないといけないのさ」

「一言多いからだろ。すみません、鯉沼さん、栗原さん。こいつが失礼なことを」

「いや、腹は立ったが、どっちかって言うと自分自身に対して、だ。俺らがもっと早く気づいてりゃ、もっと早く犯人を捕まえられたかもしれねえ」

「そう悲観しないで、鯉沼刑事。俺も普段なら、自分でのんびり調べるんだけど、今回はちょっと時間がないからさ」

もし本当に剝製魔が人形劇『キャトルの迷宮』を拉致現場にしているのなら、次の犯行が行われる日は十一日後だ。確かに悠長にかまえている時間はない。

「人形劇の開催場所が拉致現場だと確定したら、後は現場に人数そろえて踏み込むだけでしょ。その場にいる全員を捕まえてから、罪状をでっち上げて家宅捜索すればいい。

そういう犯罪だからね、今回は」

「そういう犯罪って?」

　尋ねた晃平に、彗は事もなげに言った。

「警察が犯人を特定できずにいたのは、返却された遺体が皮膚だけだったからだよ。犯行につながる情報が遺体から読み取れないし、拉致から遺体発見まで半年かかるせいで目撃者も見つからないし」

「それが?」

「つまり、剝製魔は剝製を作ってるってことでしょ」

「何を当たり前のこと……ああ、犯人は作業室を持ってるってことか!」

「あと大量の薬剤や資材もね」

　容疑者を絞り込めたら、その周囲を徹底的に調べるだけだ。どんなに掃除しようと、作業室からは必ず被害者の痕跡が検出される。剝製作りに使った薬品や材料、器具の類も見つかるだろう。

「捜査線上に名前が挙がったら、その時点で剝製魔の負けなのか」

　それは晃平や警察にとって希望が持てることであり、同時に脅威でもあった。

　ここまで分の悪い犯行だというのに、剝製魔には躊躇(ちゅうちょ)が一切見られない。慎重で、理性的。そして自分は絶対に捕まらないという自信に満ちている。

その強気さがどこから来るのか分からない。

剝製魔は薄氷の上でダンスを踊ることを楽しむタイプなのだろうか。自分自身に高い試練を課し、それを乗り越えることに悦楽を感じているのかもしれない。

「ここで捕まえなかったら、また被害者が出るよな」

「しかもどんどんエスカレートするだろうね。夫の剝製を見つけた瑠華の反応は、剝製魔を満足させたはずだよ。次はもっと大物を狙うかも」

「大物……例えば芸能人を標的にするってこととか？」

「そのレベルで、大勢を一気に動揺させる人物を狙うと思うな」

万が一、人気のある芸能人やアーティストが被害に遭えば、その家族や友人のみならず、大勢のファンもショックを受けるだろう。動揺し、嘆き、悲しみ、狂乱する。

そして、事態はそこで終わらない。

（犠牲者は、剝製になる）

長期保存ができてしまう。

そうなった時、世論はどちらに揺れるのだろう。

死者を安らかな眠りにつかせてあげたいと思う層。

愛する人にいつでも会わせてほしいと願う層。

そして重大事件の「証拠」は長期間保存すべきだと訴える層。

多くの人たちが多くの願いを被害者の剝製にぶつけるに違いない。

そうなれば、死者に平穏は訪れない。議論のたびに死者の眠りは覚まされ、被害者と被害者遺族を傷つける。

その地獄はきっと、体験した者でなければ分からない。

「もし有名人を狙うと決めたら、その時はもう人形劇を拉致現場にはしないですよね。目当ての人物を攫えばいい」

そうなれば、警察はまた剝製魔を捕まえることができなくなる。

幸い、剝製魔はまだ晃平たちの動きには気づいていない。警察は自分の影すら踏めていないと安心し、これまで通りに人形劇の会場に来るはずだ。

「まずは本当にこの人形劇が剝製魔につながるのかを調べないと……。何か俺たちのほうで判明したら、すぐに連絡します」

「おう、だが二人だけでなんとかしようとするんじゃないぞ。必ず警察に報告しろ」

「約束します」

晃平は別に、自分の手で犯人を捕まえて名探偵として名を上げたいわけではない。

「犯人逮捕は警察に任せます。事件が解決した後、押収品の中に秋月さんのスマホが残っていたら彼女に渡してもらえますか？」

「おう、任せろ」

その後、今後の動きを相談しあい、鯉沼たちは帰って行った。どうせ大した収穫はないだろうと思いながら事務所を訪れた彼らにとっては、あまりにも予想外な展開だったに違いない。鯉沼の目は獲物を狙う猟犬のように光り、剝製魔を今日にでも捕らえてやるという気概に満ちていた。

(栗原さんは結局今日も喋らなかったな)

ドアを閉めた後、なぜかそんなことが気にかかる。

「晃平晃平、栗原刑事はコーヒー飲んでる」

面白そうに彗がテーブルを指さした。確かに栗原のほうはいつの間にか、晃平の出したコーヒーを飲み干している。

「贈収賄に当たるからどうこうって精神は栗原刑事には関係ないっぽいねえ」

「どんな時も規律を守る刑事と、その場その場で臨機応変に対応して市民の信頼を勝ち取る刑事があえて組んでるのかも」

「市民の信頼か……晃平、栗原刑事を信頼できる?」

「それは」

未だどこか捉えどころのない刑事を思いだし、晃平は言葉に詰まった。こちらに対して敵意や攻撃性を向けてこないのだから、問題があるとまでは思わない。ただ信頼できるかと問われると、返答に困る人物ではあった。

「働き者なのは確かだろ。……多分」

「それは今後の活躍次第だね」

晃平の煮え切らない反応を追求することなく、彗はそう言って刑事たちの話題を終わらせた。今はそれよりも気になることがあるとばかりに、テーブルに置いてあったクリアファイルを改めて開く。彗はその中から人形劇のフライヤーを四枚抜き出し、テーブルに並べた。

一年半前、一年前、半年前、そして来週……。ただの数字が生々しく、グロテスクに感じられる。

正直、見たくもなかったが、そうも言ってはいられない。晃平は横目でチラシを見つつ、彗に尋ねた。

「開催場所を提供してる峰信子さんが剝製魔だと思うか」

「現場を見てみないことには何ともいえないねえ。今から……って、うわあ」

スマホが震えたと同時に、画面を見た彗が情けない声を上げた。そして珍しく、深く肩を落とす。

「マンションの管理人からだあ。警察が来てるから、すぐ帰ってこいって」

「お前、今度は何したんだ？」

「晃平はまた、呼吸するように二次加害する……。俺は何もしてないよ。うちに空き巣が入ったんだって」

「空き巣？」

「ちょっと前から、ドアの錠をこじ開けようとした痕跡があったり、近所で不審者が目撃されたり、屋上から吊り梯子（つりばしご）が垂れ下がってるって通報が警察にあったそうだから、まあ、時間の問題だとは思ってたけど」

「おいおい……」

これまで、彗の周りで起きた数々の騒動が脳裏をよぎる。言葉にはしなかったが、晃平の考えを読んだように彗は「正解」と肩をすくめた。

「人事課の宮下（みやした）さんか、隣の席の北川（きたがわ）さんか、大穴で警備員の矢沢（やざわ）さんか……。不審者さんは警察に『川内くんが連日会社を休んでいるから心配して、様子を見に来た。本人からも許可をもらっている』って訴えてるみたい」

今の職場でも彗のストーカーになりそうな者が何人かいたようだ。その中の誰かが彗の家に侵入したということか。

「今日は帰れよ。事情聴取もあるだろうし、部屋も片付けないといけないだろ」

「あの部屋、結構気に入ってたのにぃ」

泣き言を言いながらも、彗は大人しく帰り支度を整えた。

自宅に侵入されたとなれば、さすがの彗も引っ越しを検討するだろう。今週はもう晃平の調査に同行できないに違いない。

美貌というものは厄介だ。使い方によっては強力な武器になり得るが、その威力は持ち主でさえ制御できない。これまで彗の身に降りかかった様々な災難を思うと、晃平もうらやむ気にはなれなかった。

「あー、そういえば」

重い足取りで玄関に向かった時、ふと彗が思いだしたように振り返った。

「父さんと母さんが晃平の予定を教えてくれって。そろそろまた会いに来たいんだってさ」

「おじさんもおばさんも忙しいだろ。無理しなくていいって伝えてくれ」

「俺が言って、聞く人たちじゃないでしょ。断りたいなら自分で言いなよ。絶対、納得しないけど」

「う……」

「ゴネゴネ食い下がられて、説得されて泣かれて、結局最後は『待ってます、会いたいです』って言う羽目になるんだから、サクッと日付指定したほうが楽だって」

「でも、わざわざ来てもらうなんて」

「晃平は向こうに帰れないんだから仕方ないでしょ」

「………」

今度こそ晃平は何も言えずに黙り込んだ。

早く帰れ、という意味を込めて手を振り払うと、いつものように小憎らしい笑みを残し、彗は玄関へと向かった。嫌がらせのつもりなのか、いつもの三倍は時間をかけて靴を履き、ドアを開ける。

「墓参りに行く気になったら、いつでも付き合うから」

その呟きだけを残し、パタンとドアが閉まった。

玄関に佇(たたず)んだまま何もできず、晃平は壁に寄りかかった。一人になった瞬間、部屋の重力が何倍にも増した気がする。ゆっくりと沈黙が全身にのしかかってくる。ギチギチと肩の筋肉がきしんでいるかのような重圧に、晃平はそのままずるずると座り込んだ。

ぼんやりと廊下の床を眺めていると、重い息がこぼれた。呼吸ごと、身体の中身が全て出てしまう錯覚に陥る。

「情けない」

平気になったと思っていた。普通に生活し、泣き、笑い、食事をおいしいと思い、自分の頭で考え、物事を決められるようになったと……この十一年間の努力が実ったのだと思っていた。

だがそんなものはいともたやすく崩れ落ちる。身体の表面に一枚一枚貼り付けたパズルが軽い衝撃で、バラバラと地面に落ちるように。

落ちたパズルのピースは全て赤黒い色をしている。ドクドクと脈打つもの、動きを止め、どす黒く変色しているもの、紫や緑などの奇妙なまだら模様で腐臭を放つもの。

この身を取り繕うために、死肉を纏う。愛(いと)しい人たちの感情を真似、彼らの生活をなぞり、人のふりをする人形のように。

そうしなければ生きられない。

【剝製の記憶】

そこは異様な空間だった。

広いようで狭いような、形容しがたい空間だ。しんと重い静寂がのしかかる中、自分の鼓動だけがドクドクと音を立てている。

部屋の照明は消え、ろうそくの明かりだけがいくつも揺らめいていた。十や二十ではない。数百、数千というろうそくが。

小さな炎が視界を埋め尽くす中、数え切れないほどの人影があった。大きい影も、小さい影もある。自分が首をかしげると、彼らも一斉に首をかしげる。

頭がおかしくなりそうだ。

だが恐怖はない。当然だ。

これはアトラクションなのだと自分でもきちんと分かっている。

秋月雅也は落ち着くために、一度深呼吸をした。そうすると、この状況に対するわくわく感が戻ってくる。

心臓を握られるような恐怖も、非日常的な悪夢に取り込まれているような恐怖も、全て自分で選択した結果だ。

逃げ出したいと身体が震えている。だが心はその震えを甘く楽しんでいる。たっぷり怖い思いをしたいのだ。悲鳴を上げ、失神しかけ、汗びっしょりになってこの恐怖に身を浸したい。怖ければ怖いほど、ここから出た時に泣きだしたくなるほどの安堵と解放感を得られると知っているから。

『では、次はあなた。……そう、紺色のジャケットを着た……ええ、あなたです』

くぐもった優しい声が自分に向いた。

紺色のジャケットと言われ、自分のことだと気づくのに少し時間を要した。この服は妻が選んだものだ。自分はオレンジや赤が好きなのだが、頭が悪そうに見えるからダメと言われて捨てられた。

無難な紺。知的な紺。

優しくて、よき夫であるあなたにぴったりと言われ、それを受け入れざるをえなかった。否定すれば、彼女は途端に不安定になってしまう。あなたのことを思って助言しているのになぜ、と泣かれ、両親や友人に相談されてしまう。そのたび、皆から諭されるのは自分のほうだ。

何が不満なんだ？　いい奥さんじゃないか、と。

……ああ、もう、うんざりだ。

『どうしました？　大丈夫ですか？』

「あ……ああ、すみません」

心配そうに声をかけられ、ハッと我に返った。影の多くが自分の方を向いている。

「この場の空気に酔ってしまって。……すごいなあと」

分かる、と同調するような含み笑いがあちこちから聞こえた。それに勇気をもらえた気がして、一度深く深呼吸した。

これはアトラクションだ。真綿で首を絞められるような息苦しい日々から解放される、とてもスリリングで楽しい遊びだ。

お香の複雑な香りがする。凝り固まってカチカチになった脳が溶けていくようだ。まるで腐った氷が水になるように、ドロドロと表面から溶けていく。

「俺は……あ、私は」

『一人称はご自由に』

「ありがとうございます。『俺』だと妻が嫌がるんですよね。ガラが悪い、不良みたい、そんなのまーくんっぽくないって。……なら、俺っぽいって何だろう。妻の言うとおりに変わるのが俺っぽいなら、普通にしている時の俺は何なんだろう。……そう言いたいんですが、きちんと話し合おうとすると泣かれてしまって」

『なるほど』

「そんなこと言うなんてひどい、なんで意地悪するのって泣かれてしまうと、俺が悪者になるんです。帰りが遅いと泣くから定時退社で帰ってきて、同僚との飲み会も断って、休日はずっと一緒にいて、妻が観たい映画を観て、妻の行きたいところに行って……それでも『足りない』って責められる」

『大変ですね』

「愛してるんです。それは本当です。だから妻を幸せにしてやりたい。でもどうすればいいか分からない。毎日毎日、無意識に妻の顔色をうかがっている自分がいるんです。この行動は妻が喜ぶ俺なのかと、そればっかりを考えるようになってしまって」

あぐらをかいた膝の上に置いた両手をぎゅっと握りしめた。

「妻は怒鳴ったりしません。俺にひどいことも言わない。自分の仕事の愚痴も言わないし、いつも化粧やおしゃれをして、俺のそばにいてくれる。……できた妻だと思います。俺をすごく愛してくれているのも分かってます。だから息苦しく感じる俺が多分おかしいんです。実際、誰に相談しても、奥さんが不安になる原因はお前にあるんだろうって言われるし」

はあ、と一度息をついた。

不思議だ。普段はこんなにお喋りではないのに、今日は言葉があふれ出してくる。

（気持ちいい）

自分の感情を言葉にすることが、この上なく心地いい。

ここに自分を否定してくる人はいない。誰もが皆、自分と同じような悩みを抱えている。

「だから、今日は黙って来ました。フライヤーは捨てさせられたんですが、日時も場所もちゃんと覚えていたので」

『ではこれも、そのために？』

「はい、連絡が来ないように、こっそり持ってきました。上演が終わるまで、預かっておいてもらえますか」

『かまいませんよ……ああ、最中は電源を切っておいてもよいでしょうか』

「もちろん、もちろん。俺も今日を楽しみにしていましたし、集まった皆さんも同じ気持ちだって分かっています。着信音で邪魔されちゃ、最悪ですものね」

皆の不安を解消するように先回りして言うと、周囲の空気が和らいだ。

大丈夫だと彼らを安心させるように何度も頷く。自分はこの場を台無しにするようなことはしない。ここにいる「同志」たちと同じ気持ちなのだから。

「昔から『こういう』話が好きなんです。ひどくて報われなくて救いがなくて……それで終わり、みたいな。だからフィクションだと物足りなくて。いいところで助けが来るなんて、ちょっとできすぎですもんね」

『ごもっともです』

「そりゃあ悪趣味だって分かってます。でも実際に自分が何かをするわけじゃないし、嫌だという人に話を振るわけでもないし、こっそり楽しむくらいは許してほしいというか」

誰にも迷惑かけてないんだから、と吐き捨てる。

即座に、その通りだという同意の声がいくつも上がり、顔がほころんだ。

「だから、今日ここに来ました。これが俺の参加理由です」

『話してくださってありがとうございます。演じる私も身が引き締まる思いです』

「いえ」

柔らかい口調で肯定され、雅也は照れて頰をかいた。

ここにいる人は皆、自分と同じような生きづらさや苦しさを感じている。大切な人を悲しませないために、自分の趣味を我慢している人たちだ。

過去二回の開催時にも同じ苦しみを抱く人たちが集ったという。一度だけ同僚の女性と過ちを犯してしまったが、それでも愛する家族を選び、再構築のために努力している者。過保護な親に辟易（へきえき）して一人暮らしをしたものの、毎週実家に顔を出し、親の望む子供を演じている者。

彼らが自分と同じような趣味を持つようになった理由はよく分かる。

『どうぞリラックスしてご鑑賞ください。これは身の毛もよだつ物語。無慈悲で残酷で救いのない物語。悲運に嘆き、痛みに叫び、神に救いを求めても聞き届けられず地に伏した、哀れな犠牲者たちの物語』

歌うように、穏やかな声が脳に浸透してくる。グズグズに溶けた脳に染み込み、甘くしびれさせていく。

『どうか彼らの悲鳴を聞いてください。彼らの祈りを聞いてください。全てはもう終わったこと。哀れむこと以外、できることはないのですから』

そうだ、とあちこちで声が上がった。雅也もまた頷いた。

この悲劇は過去のものだ。全てが過ぎ去り、街には平和が戻り、今ではもう危険はない。

残酷な物語の、哀れな子羊……。自分の境遇はアレよりマシだ。

だからこそ楽しめる。熱中できる。

自分がいかに恵まれているのかを実感するために。

【　5　】

路地に足を踏み入れた瞬間、鯉沼は無意識に顔をしかめた。

細かい霧雨に臭気がまとわりつき、路地にわだかまっている。古びた木材が燃えた匂い、プラスチックなどの合成樹脂が燃えた匂い。そして寺や神社を思わせるようなお香の匂い。雨が降らなければ、ここに生物の焼けたような匂いも生々しく残っていたかもしれない。

「ダメだな、目撃者ゼロだ」

傘を差した同僚の一人が近づき、鯉沼に耳打ちした。

そうだろうと覚悟していたが、それでも眉間のしわが深まる。

「深夜だったからな」

「寝煙草(ねたばこ)かね。そのわりにはここだけ綺麗に燃えてるのが妙だが」

「放火の可能性もあると？」

家主が火の始末を怠ったために出火したが、運良く雨が降ったおかげで周囲に被害はでなかった、と考えるのが妥当なところではある。

ただ火元になった家が全焼しているところからして、相当火の回りが速かったのは間違いない。あっという間に一軒だけ焼き尽くされたのは不自然だ。この路地に建つ家はまばらで類焼しづらい状況だったとはいえ、誰かが火を放った可能性も現時点では否定できない。

「何か恨みでも買ってたのかね。変わった品を扱っていた雑貨屋のようだが」

「調べてみねえとな。今後火元が特定されりゃ、分かることもあるだろ」

「ああ……まったく、勘弁してほしいよ。剝製魔事件で大忙しなのに、こっちにも人手を割かないといけないとは」

「やめろ。事件にでかいも小さいもねえだろ」

鯉沼の言葉に、同僚は恥じたように頭を下げた。

確かにこの一年半、花渕町では凶悪犯罪が起きている。とはいえ、事件があろうがなかろうが、日常は続くのだ。市民の生活を守ることが警察の本質なのだから、事件の大小は関係ない。

（そういうことを間違え続けた結果が「今」なんだろうな）

大きな事件なのだから当然、市民は協力するはず。被害者遺族の傷口をえぐっても許されるはず。事件の手がかりになりそうだったので、市民の私物を押収しても問題ないはず。その結果、紛失や破損をしたとしても許されるはず。

そうした刑事たちの甘えが少しずつ市民の信頼感を損ない、徐々に捜査しづらくなっていたのかもしれない。どこかで負の連鎖を止めなければ、いずれ自分たちは行き詰まる。その時、得をするのは犯罪者だけだ。

「全部解決するんだ。頼もしい協力者も名乗りを上げてくれたことだし。……といっても、この街に有能な探偵がいたなんて知らなかったぞ。なんで今まで表舞台に出てこなかったんだろうな」

「ま、色々あるんだろ」

鯉沼は曖昧に言葉を濁した。

昨日、鯉沼と栗原は近森探偵事務所に足を運んだ。秋月瑠華の依頼内容を軽く確かめるだけのつもりが、助手を名乗る美貌の青年から驚くべき仮説が披露されたのだ。

剝製魔事件とは全く関係がないと思われた人形劇が被害者の拉致現場に使われている可能性がある……。

くだらないと切り捨てるには被害者の失踪した時期と人形劇の開催日が一致しすぎていた。そして人形劇の題材もまた気になってくる。

十一年前、日本全土を恐怖に陥れた殺人事件がモチーフだ。もし本当に人形劇の舞台で被害者を物色しているのなら、剝製魔はキャトル事件を相当意識していると考えられる。

同じ連続猟奇殺人鬼として、キャトルにライバル心があるのか、キャトルに強い恨みがあり、その人形劇を観る者にも殺意を向けているのか。

（近森くんにとっても衝撃的だっただろう）

近森晃平が「吾妻晃平」だということを鯉沼は同僚刑事たちにまだ話していない。

剝製魔事件とは関係ないことが理由の一つ。

そして素性が明らかになることで、晃平の生活が再び脅かされることを危惧したことが一つだ。

キャトル最後の犠牲者の息子、という代名詞は晃平にとって重荷でしかないだろう。ある日突然、何の心構えもないまま背中に載せられ、下ろすことも許されなかった荷物だ。事件の犯人である京間は死んだというのに、被害者遺族は今もなお、その荷を背負い続けて生きている。

「こっちの調査を片付け次第、例の人形劇の開催場所に向かう」

「了解だ、鯉さん。栗原もつれていくのか？」

「おう、絶対つれてけってうるせえんだ。珍しくやる気を出してるから……ああ？」

バディのほうに目を向けようとしたところで、鯉沼は困惑した。共に現場に来た栗原がどこにもいない。

「おかしいな。さっきまではいたんだが。……現場を見て具合が悪くなった、なんてことはさすがにないか」

　同僚刑事も首をかしげるばかりだ。彼がいなくなったことに、歴戦の猛者である刑事たちが誰も気づかなかったとは。

「飽きて、どこかをふらついてるのか？　鯉さんがフォローしてくれてるおかげで大ごとにはなっていないが、成長しないというか、のんきというか」

「時々いい仕事をするんだがな。本当に時々だから、褒め方を忘れるぜ」

「あいつの変わった着眼点に助けられることもあるけどな」

　それはそうだ、と鯉沼も苦笑した。

　これが一般企業なら、栗原のような男は懲罰の対象だろう。時間を守らず、集団行動もできない。落ち着きがなくミスも多いのだから、上司も手を焼くに違いない。

　ただ刑事課には栗原のような存在も欠かせない。他の刑事と違う着眼点を持ち、他の者が取らない行動を取るからだ。

　秋月瑠華が近森探偵事務所に行ったことを摑んできたのは彼だった。そして晃平がキャトル事件の被害者遺族と見抜いたのも。

「あれであいつが落ち着きを身につけたら最強なんだがな」

「そうなれるよう、指導してやってくれ、鯉さん」

「もう六年だぜ。俺が引退するほうが多分早い」

ため息をつき、鯉沼はきびすを返した。

栗原が行きそうなところに心当たりはある。不審火による火災の捜査に飽き、彼が足を向けるとすればおそらく「向こう」だ。

「何かあったら連絡してくれ」

「了解。そっちも気をつけて」

詳しく説明しなくても、鯉沼がどこに行こうとしているのかは同僚も察しがついたようだった。

軽く片手を上げ、路地を出る。

ビニール傘を通して空を見上げれば、霧雨のせいで視界が濁った。分厚い灰色の雲が何層にも折り重なり、花渕町を覆っている。

まとわりつく湿った冷気に、身体が冷える。冬が近い。

＊　＊　＊

「何だこれ」

降りしきる雨の中、晃平は目の前にそびえる二階建ての建物を見上げて唖然(あぜん)とした。

水曜日の朝、人形劇『キャトルの迷宮』の開催場所である峰宅はすぐに見つかった。フライヤーに住所が書かれていたことが理由だが、もし何も知らなかったとしても、この家の前で足が止まったに違いない。

しとしとと降りしきる雨が周囲の音を吸収しているのか、辺りは静まりかえっている。霧のような雨だからか、傘に当たる雨音もしない。

そんな一枚絵のような風景の中に、幼児が絵の具を塗りたくったように派手な配色の家屋が建っていた。雨の中でもギトギトした色合いが損なわれていないのだから、晴れた日に見たらどれだけ異様に見えることか。

西洋風の装飾が施された巨大な両開きの扉もまた、遠くからでもよく目立つ。一般的な一軒家だが「屋敷」のように感じるのは、この異様な威圧感のせいだろう。

「なんでこんな風に……」

「ここ、近所では遊園地って呼ばれてるそうですよ」

「栗原さん？」

突然背後から声をかけられ、晃平は目を丸くした。昨日、鯉沼と共に近森探偵事務所に来た若手刑事が立っている。異様なほどの猫背は相変わらず。コシのない長めの髪は湿気を吸って余計に重く、栗原の頬や首に張り付いていた。

口調は丁寧だが、雰囲気はやや砕けている。歳の近い晃平しかいないからかもしれない。

「今日も会えて嬉しいです。お元気ですか」

辺りを見回し、晃平が一人だと確認すると栗原はひょこひょこと駆け寄ってきた。本人の言葉通り、彼は顔をほころばせている。

「……どうも」

同じように辺りを見回し、晃平のほうは逆にほのかな緊張感を覚えた。鯉沼がいない状況で、栗原に会うと居心地が悪い。なぜそんな感覚を抱くのか、自分でもうまく説明できないが。

「鯉さんは別件です。というか俺もなんですが、どうしてもこっちが気になったので来ちゃいました」

「それ、大丈夫なんですか」

「鯉さんなら分かってくれます」

断言され、晃平は曖昧な笑みを返した。鯉沼と栗原に会ったのはまだ二回だ。栗原の職務放棄を鯉沼が理解するかどうか、晃平には分からない。

（怒る気はするけど……）

長年一緒にいるであろう栗原が「大丈夫」と言うなら、そうなのかもしれない。

「栗原さんもここを調べに来たんですか？　遊園地って一体……」

「言葉通りの意味ですね。所有者の峰信子がずいぶん前に出ていってから、ここには誰も住んでないようです」

栗原は晃平の腕を引き、玄関前に移動した。ひさしのおかげで雨がしのげる。傘をたたみ、栗原はよどみなく話を続けた。

「昨日、探偵くんたちに人形劇のことを聞いた後、鯉さんと一緒に調べたんです。十年くらい前に峰信子がこう改造したそうですが、結構な人間嫌いだったようで、ご近所さんは誰も理由を知らなくて」

「そうでしたか……何も理由がなかったら、ここまでの改築はしなさそうですが」

「改築したのは外観だけじゃないんですよ。中はミラーハウスになってるとか」

「ミラーハウス？」

遊園地によくある、鏡で作った迷宮だ。広い施設内にあるアトラクションの一つなら人気も出るだろうが、自宅を改造する意味は分からない。

「二年ほどミラーハウスで暮らしてたけど、さすがに暮らしづらくて出て行ったんでしょうね。人が住まなくなってからも年に何度か、清掃業者が入ってるから、中は綺麗なんだそうです。あと鍵はかかってないので、誰でも入れるそうで……わあ、ほんとに開いた」

おもむろに栗原が取っ手を引くと、確かに扉は簡単に開いた。中は真っ暗だが特に悪臭などはせず、物音もしない。不法滞在者が根城にしているわけでもなさそうだ。

「確かこの辺りにスイッチが……あったあった」

栗原は臆することなく屋敷に足を踏み入れた。壁を探るような気配がした後、カチンという音と共にゆっくりと室内が明るくなる。

「うわ……」

晃平は思わず声を上げた。

扉の先はエントランスになっている。床も壁も黒と白の菱形が連続するダイヤ柄で塗られており、家具はない。プラスチックで作った装飾柱が四辺に立ち、窓枠も同じように装飾を施されていた。

人が生活するための空間ではない。ここが近所で「遊園地」と呼ばれるのも納得だ。エントランスの奥に、小さな内扉が作られている。おそらくその先がミラーハウスなのだろう。

「土足で入ってもいいんでしょうか」

「気にするところ、そこですか？　面白いですねえ」

気さくに笑う栗原に、晃平は曖昧に肩をすくめた。

自分でも緊張しているのがよく分かる。

ここが「迷宮」だからだろう。

内扉の向こうに何かがいる気がする。薄暗く、十重二十重にも築かれた迷宮の奥でジッと息をひそめる怪物が。

迷宮は怪物を閉じ込めるための檻であり、怪物が獲物を逃さないための檻でもある。不用意に踏み込めば、決して生きては出られない。

（あの人形劇の主宰者もきっとそう考えたんだろう）

誰でも自由に入れる場所だから、ではなく、ここがミラーハウスだったから上演会場に選んだ。

キャトル事件を語るには、迷宮が最適だと考えて。

その主宰者がミラーハウスの家主である峰信子なのだろうか。それとも峰はただ主宰者に協力しているだけだろうか。もしくは……。

（峰って名字、どこかで……）

一瞬、脳裏に何かがちらついた。それが何なのかを思いだそうとしたが、意識すればするほど「それ」は記憶の奥に潜り込んでしまう。

しばらく考えたが、結局晃平は諦めた。重要なことならいずれ思いだすだろう。

「峰信子さんは人形劇の主宰者なんでしょうか」

「そこはまだ分かっていません。あのフライヤーには主宰者の名前も連絡先も載ってなかったので」

栗原の言うとおり、フライヤーに記載されているのは人形劇が開催される日時と場所だけだ。主宰者の正体も分からない興行に集まる者がいること自体、にわかには信じがたい。

「題材が題材ですから、同好の士だけでコソコソ楽しむものなんでしょう。似たようなイベントの話はよく聞きます。お盆の時期、キャトル事件を題材にした映画だけをオールナイトで上映する映画館があったり、キャトルをモチーフにしたフィギュアや人形の即売会があったり」

「……そんなものがあるんですか」

「それ自体は違法じゃないから、警察も手出しできないんですよ。面白いのでおすすめです。日常を忘れられますよ」

「いえ、俺は……」

「興味なしですか？　それは残念」

なぜか高らかに笑い、栗原は話題を戻した。

「役所経由で峰信子の引っ越し先は分かったので、昨日先輩たちが話を聞きにいきました。まあ、惨敗だったそうですが」

「惨敗？」

「大変だったそうですよ。帰ってきてから、鯉さんに泣きついていました」

同僚の話だろうに、栗原はどこか他人事だ。

「日頃は俺の職務姿勢について色々言ってくるのに、女性から話も聞けないなんて情けない。鯉さんだったら何時間でも粘って、ちゃんと話を聞いてくるのに」

「そこは『自分だったら』じゃないんですか？」

「俺はどうもダメなんですよねえ。そういうコミュニケーションみたいなもの、苦手で」

「はは……」

「でも人形劇の内容は気になります。峰信子が知っていたら、ぜひ教えてほしいくらいだ。探偵くんも興味ありません？」

「俺は全く……」

「だってもう十一年ですよ。キャトル事件の犯人は死んだし、これまでに山のようなフィクションが作られたし、斬新なアイデアは出尽くしたじゃないですか。苦し紛れに『実は京間の正体は本物の悪魔だった』とか、『エイリアンが地球侵略を企んだ』みたいな作品も作られるくらい、ネタは枯渇してます」

　栗原の口調は確信に満ちていた。同僚刑事について話していた時は「だそうだ」と興味ない様子がありありと伝わってきたのに。

「今になって、あえてキャトル事件を題材にするんですから、人形劇の主宰者は自分のネタに絶対的な自信を持っているはずです。何かしら根拠がないと観客は納得しないですし、きっと綿密な取材を重ねた上で大胆な解釈を加えた内容のはず。……探偵くんはそれ、何だと思います?」

「……さあ」

「あっ、取材能力に長けた第三者が作った説には反対ですか? ふはっ、それじゃあアレだ。取材で知り得た情報ではなく、元から知ってたパターン」

「………」

「今回の人形劇を主宰してる人形師が京間緋新の恋人で、直接色々と聞かされていたとか、実は自殺したと思われた京間が生きて脱獄していて、自分の体験を人形劇にしてるとか……。そっちもいいな。面白そうだ」

グッと口数の減った晃平をいぶかしむことなく、栗原は熱っぽい目を内扉に向けた。ミラーハウスの奥に今、探し求める恋人がいるかのように。

「何でもいいので、詳しいことが知りたいんですよ、俺。だってあの事件は謎に包まれたままだ。どういう基準で被害者を選び、どうやって被害者の行動を特定し、いつ襲うことにして、どこを犯行現場に選んだのか……。なんで内臓を取り出して被害者自身の手に置いたのかも含めて、何もかも分からないままなんですよ。呪術めいたものは感じるけど、京間の手口に似た宗教儀式は今のところ見つかってないし」

栗原の独り言は止まらない。

「京間も京間です。死ぬなら死ぬで、全部話してから死ねばいいのに。何も話さないで死ぬから、こっちは気になってたまらない」

「詳しいですね。十一年前なら、栗原さんもまだ……」

「高二でした。俺の実家、東北のへんぴなところなんです。毎日毎日、昨日と同じ日が繰り返されているような変化のない土地で……。そんな時、南では日本どころか世界を揺るがす大事件が起きたじゃないですか。学校では毎日その話で持ちきりだったんですよ」

「…………」

「でも、あの頃の俺が手に入れられる情報は限られていました。誰かがネットにあげる記事とテレビの報道。それだけを毎日、眺めるしかなくて」

「…………」

「だから刑事になったんです。未公開の捜査資料が読めるかと思って」

「まさか」

冗談だと思って笑おうとしたが、できなかった。

栗原はふざけているわけではない。熱を持った声は力強く、目も奇妙なほどに輝いている。

（本気だ）

悪辣な犯罪者に苦しめられる被害者を助けるためでもなく、悪を裁く正義の味方に憧れたわけでもない。

（キャトル事件の、ファンなのか、この人）

晃平の心臓が嫌な音を立てて脈打った。

無意識に一歩後ずさるが、全身が総毛立っている。

栗原は晃平のことを見つめている。穏やかな雰囲気のまま、晃平が下がった分だけ距離を詰めてくる。

（俺が遺族だってことも知ってる）

晃平はようやくそれを理解した。

初めて会った時にこちらを凝視していたのは、晃平のことを知っていたからだ。

――戦死した英雄が守り抜いた忘れ形見。

――英雄たちの遺志を継いだ、次代の英雄。

キャトル逮捕に尽力した探偵の子供を、トロフィーのように扱った報道を思いだす。物語の登場人物を応援するように、彼らは晃平に熱い声援を送った。ごく普通の子供が悲嘆に暮れる姿を見て、まるで映画のワンシーンに興奮するように自分たちも涙してみせた。

栗原の目は当時を思い起こさせる。「吾妻晃平」の名を捨てなければならなくなったのは、加熱した報道が原因だ。母方の祖父母に引き取られ、「近森晃平」を名乗るようになった今でもまだ、あの時の恐怖は全身に染みついている。

「俺はキャトル事件のことをもっと知りたいんです」

　栗原はニコニコと笑った。

「せっかく刑事になったけど、管轄外の事件の報告書はそう簡単に見られませんでした。六年間、密かにいろんなルートを辿ってみたけど、全然です。でも今回、天使くんが気づいてくれたじゃないですか。『剝製魔はキャトル事件を題材にした人形劇を上演して、被害者を物色しているかもしれない』って」

「彗はそこまで断言したわけでは……」

「ふふは、言ったも同然ですって。だからこそ二つの事件が関連している可能性が持ち上がって、やっとキャトル事件の捜査資料を見られたんですから！」

　でも、と栗原は大きくため息をついた。

「実際見てみて、がっかりしました。期待したほど、秘匿された情報は載ってない。どれも当時、新聞やテレビ、ネットで見た情報ばかりです。もっと詳しい情報は、さらに上の権限を持たないと見られないかもしれません。のんびり出世を待っていたら、何十年かかることやら」

「………」

「でも俺、気づいたんです。別に警察内部に残っている捜査資料を求める必要はないかもしれないって」

「どういう、意味ですか」

「探偵くんだっておかしいと思いませんでしたか？　京間緋新の犯行は大胆かつ緻密だったじゃないですか。吾妻夫妻を手にかけるまでの八人全員、目撃者もなく拉致したし、現場にも自分につながる証拠は何も残さなかったし。行き当たりばったりに犯行を重ねたら、こうはいかないでしょう。何かしらの計画書がないとおかしいんだ」

「計画書……」

「でも事件後、京間緋新の住んでいたアパートや勤め先、交友関係のあった人たちを全員調べても、そうしたものは見つからなかった。今回、俺が見たキャトル事件の捜査資料の中にもありませんでした」

「元々作っていなかったってことですよね」

「いや〜、いやいやいやいや」

栗原はできの悪い冗談を聞いたように冷笑した。

虚を突かれた瞬間、晃平の手首に彼の指が絡みつく。ぎょっとする晃平の目を正面から見つめ、栗原はその奥に何かを探すように凝視してきた。

「誰かに、預けたんじゃないかなって」

「は？」

「計画書は隠して、その隠し場所を誰かに託して命を絶ったと思うんですよね。でもその『誰か』は計画書の存在を誰にも言わなかった。だから事件は今でも不明点が多いまま宙ぶらりんになっている。そうとは考えられませんか」

「むしろ、なぜそう考えるのかが分からないです」

「探偵くんは事件当日、両親を殺した京間と二人きりになった時間がありましたよね。一分？　二分？　もっと長く？　そこでどんな話をしたんです？」

晃平の背にドッと冷たい汗が流れた。

「何も……何も話していません。すぐに刑事さんたちが踏み込んできたので」

「そういうことになってるだけでしょう」

栗原は晃平が何を言おうと、聞き入れない。

「もしかしてもう入手済みでしたか？　読んだ上で、世間に公表しちゃいけないと勝手に判断して隠すことにしたとか？　ダメダメ、ダメですよ、そんなの。京間が命を絶った今、彼が何を考え、どう行動したのかを知るには計画書を紐解くしかないんですから」

「そんな計画書なんてどこにもない可能性だってあるでしょう！」

「例えば？」

「……『キャトル』はまだ生きている、とか」

晃平は苦し紛れに言った。すかさず栗原が面白そうに噴き出す。

「ふはっ、京間はただの実行犯で、計画した奴は他にいたのかもしれない……。それなら京間のもとに計画書がないのも不思議じゃない……みたいなことですか？」

「……ええ、まあ」

「ふふはっ、さっき言った『京間は実は生きていた』説の亜種ですね。それもまあ、ありえるかもしれません。というか、どんな説でも否定はできないんですよね。真相は闇の中ですから」

現実にありそうな説ならば、その後の捜査や調査で否定する証拠が見つかる可能性はあるが、荒唐無稽な説ほど否定するのは難しい。

「知りたい……知りたいんです、キャトル事件のことが。せっかく捜査資料を見せてもらえたのに、まだ分かりません。やっぱり計画書がないと」

「ですからそんなものは……」

「大丈夫、誰にも言いませんから」

栗原の手は緩まない。がっちりと晃平の手首を捕らえたまま、ぐいぐいと自分のほうに引き寄せる。

熱を帯びたまなざしが晃平を映した。まるで丸呑みするように。

「ねえ、いいでしょ。警察に持っていかれたくないなら、俺だけの秘密にしますから」

「ちょっと……栗原さん！」

「鯉さんにも、他の刑事にも言いません。だから俺だけに……」

「ですから……！」

「やっぱりここにいやがったか、栗原ァ！」

その瞬間、けたたましい音を立てて両開きの扉が開いた。霧のような雨と共に、力強く無遠慮なダミ声が乗り込んでくる。

「鯉沼さん！」

「おう、近森くんもいたのかい」

ぱっと晃平から離れた栗原に首をかしげつつ、鯉沼は軽く片手を上げた。エントランスに満ちていた狂乱の気配がかき消える。

晃平は夢中で鯉沼のほうに駆け寄った。その様子をどう受け取ったのか、鯉沼は苦々しい表情で栗原に向き直った。

「……ったくお前って奴は、今度は何をしてやがった！」

「な、な、何もしてないです。勘弁してください。鯉さん」

片耳を思い切り引っ張られ、栗原が情けない悲鳴を上げた。無抵抗で鯉沼に指導される姿は「従順な部下」そのものだ。先ほどの異様な姿が夢か幻だったかのように。

栗原から距離を取り、晃平は爆発しそうな心臓をなだめた。

状況をあげるだけならば、自分たちは今、ただ話をしただけだ。栗原に暴力を振るわれたわけではなく、殺意や悪意を向けられたわけでもない。

何より、今の栗原と先ほどの彼は一致しない。

キャトル事件の計画書が存在していたら入手したい、と思うこと自体は熱心な刑事ならありえることだ。「探偵くんは持っていないそうなので諦める」と言われれば、それまでだ。

そして先ほどの話を相談するならば、まず晃平がキャトル事件の被害者遺族であることを鯉沼に話さなければならない。

（鯉沼さんは知ってるんだろうか）

様子をうかがったが、晃平には判断できなかった。鯉沼は出会ってから今まで、ずっと実直な刑事として晃平に接している。途中で晃平の正体を知れば態度が変わりそうなものだが、そうした様子も見られない。

……何よりも積極的に他者に打ち明けたい過去ではなかった。キャトル事件でできた傷は十一年経った今でも晃平の中で全く癒えず、膿み続けている。

「先ほどのはここだけの話で」

少し鯉沼が離れた隙を狙い、不意に栗原がささやいた。じっとりと、ねっとりと。

「もう言いません。諦めます。ですから……ね？」

「分かりました」

その中身のない約束を栗原が守るかどうかは怪しかったが、晃平は渋々頷いた。

栗原にとって、ここでの話は鯉沼に知られたくないことなのだ。ならば次に同じことがあった時は鯉沼に相談すればいい。

自分でも消極的だと自覚しつつ、この話を終わらせたい一心で、晃平は栗原のことを脇に追いやった。

「近森くん、平気か」

エントランスを見回っていた鯉沼が晃平に気づいた。青ざめた顔で冷や汗をかいている晃平をいぶかしんだのだろう。

「ずいぶん具合が悪そうだが、まさか栗原の馬鹿が何か……」

「い、いいえ、大丈夫です、ちょっと寝不足で。俺より、鯉沼さんはちゃんと休めていますか？　今日は何か、別件の捜査があったとうかがいましたが」

「おう、昨夜、この辺りで火事があってな。その検分がなきゃ、今日はこのミラーハウスを調べる予定だったんだが」

「じゃあ栗原さんは……」

「向こうで、気づいたら姿を消してやがった。それならこっちに来てるだろうと思って来てみたら大当たりだ」

　じろりと栗原をにらみつつ、鯉沼は話を続けた。

「ちょうどいいから、近森くんにも軽く共有しておくか。『ハイ・コーポ花渕』の捜査は続行するかどうかも微妙だな。鑑識が軽く屋上を調べたが、遺留物が多すぎた」

「普段は住人が利用している場所だったからですか？」

「ああ、残された指紋や落ちている髪の毛なんかを一つ一つ調べるとなると、膨大な時間がかかる。犯行現場なら本腰を入れて捜査もするが、『剥製魔がいたかもしれない』程度の場所となるとなあ」

　現時点で捜査員を投入するには優先度が低い、ということだ。これは晃平も納得できる。

「屋上に関しては彗もとりあえず言ってみただけ、という感じでしたし、後回しにしてもいいと思います」

「おう。人形劇のフライヤーを刷った印刷所を洗おうとしたが、これも難航してる。今じゃネットで簡単に注文できるしな」

「確かに……」

「……で、今のところの最優先事項になった峰信子だが、こっちも一筋縄じゃいかなそうだ。十年前は革職人をしていたそうだが、八年ほど前、このミラーハウスから花渕町西部に引っ越してる。相当な警察嫌いで、昨夜訪ねていった刑事は取りつく島もなかったと」

「栗原さんが言っていた『大変だった』というのはそのことだったんですね」

「水をぶっかけられるところだったと嘆いてた。ありゃ相当だ。明日、俺と栗原で行ってみるが、果たして話が聞けるかねえ」

鯉沼は情けなさそうに首の後ろを揉んだ。秋月瑠華に続き、峰信子も捜査に非協力的となれば、鯉沼が気落ちするのもうなずける。

晃平は慰める言葉を探したが、何も思いつかなかった。仕方なく、かなり無理矢理だが話題を変える。

「昨夜起きた火事というのはどの辺りですか？　俺はサイレンの音で起きることもなかったので、駅のこっち側なのかなと思うんですが」

「ああ、商店街の外れにあるオカルトショップだ」

「え」

予想だにしない言葉に、晃平は絶句した。

「火元はおそらく寝煙草か何かだろうが、木造だし、店内にもものが多かったから、あっという間だったようだ。店主の女性が逃げ遅れてな」

どこか遠くで鯉沼の声がする。音としては認識できるが、内容が頭に入ってこない。

（アマリアさんが……亡くなった？）

すうっと足から力が抜けた気がして、晃平は大きくよろめいた。

借りていたクリアファイルのことが脳裏をよぎる。いずれ返しに行こうと思っていたのに、それはもう叶わない。

【剝製の記憶】

——この体験は一生モノだ。

人形劇が始まった瞬間、秋月雅也は確信した。

机の上に背景を描いた紙を置き、棒に刺した人形をちょこまかと動かすような児戯ではない。広々とした空間を丸く囲むように何枚もの鏡が設置され、そこに重い遮光性の布を被せてある。

布にはあらかじめ、背景となる図柄が縫い込まれていた。正面は住宅地、右側は家の応接間、背後はコンクリートの打ちっぱなしのような殺風景な空間、左側は墓地。

正面の住宅地に、オレンジ色のライトが灯る。夕暮れ時だ。

『とことことこ。なおは家路を急ぎます。お母さんを心配させないように』

ひょこっと現れた男の子の人形が左から右に歩いていた。大きく上下に動いているのは、動きが制限されている人形が「歩いている」ように見せるためだろう。布の向こう側にいる演者の操作が卓越しているためか、本当に少年が歩いているように見えてくる。

途中で背後を振り返り、くくっと下に沈むように人形の位置を下げることで、「少年」が背後に未練があるのだと分かった。微細な動きで人形の感情が手に取るように伝わってくる。

『お兄さんは笑って見送ってくれました。なおが学校でどう過ごしているのかを聞き、とても楽しそうに笑ってくれました。でも、なおは気づいていました。お兄さんがどんどん痩せていくことに。ほんの十分程度、ベッドに座っているだけでも苦しそうに息を荒らげるようになったことに』

少年の人形がピタリと止まる。

『でもどうすることもできません。なおはお医者様ではないのです。お兄さんを治してあげることができません』

そんな人形の前に、突然巨大な影の人形が現れた。筋骨隆々とした身体と、巨大な頭部。そこから荒々しく突き出した巨大な角を持つ影の人形だ。

『現れたキャトルが言いました。君ならお兄さんを治せるよ。僕が手伝ってあげる』

かちり、とライトが消え、正面が暗闇に包まれた。と同時に、今度は背後に光が灯る。振り返ると、コンクリートの打ちっぱなしの背景に、手術台や棚の小道具が置かれていた。手術台には少年の人形が横たわっている。その傍らには影の人形が。

『なおは尋ねました。本当に？　本当にお兄ちゃんを助けてくれるの？　キャトルは頼もしく頷きました。ああ、もちろんだよ。全ては愛だよ、そのために私はここにいる』

人形師の声は常に、同じ位置から聞こえていた。彼自身が円形の空間を走り回って人形を操作しているのではなく、多くの人形をあらかじめ手元で操れるよう、細工してあるのだ。重い緞帳(どんちょう)の裏にびっしりと針金が張り巡らされ、人形と演者をつないでいるのかもしれない。

今、世の中には多くの娯楽があふれている。フルCGで作った作品や、誰もが知るようなハリウッド俳優ばかりが出てくる作品。キャトル事件もまた、そういった手合いによってこの十一年間、何度も映像化されてきた。

それらに比べれば、手作りの人形劇など取るに足りないと世間は笑うかもしれない。

だが違う。これこそが本物だと見た瞬間に確信した。

この作品には魂がこもっている。金では買えない、本気の情念が詰まっている。

この想いこそが最上のエンターテイメントだ。これこそが自分の探し求めていたモノだ。

『なおは安心して目を閉じました。キャトルはその肌に爪を立て、ゆっくりと中をのぞき込みました。ドクドクと力強く脈打つ心が見えました。お兄さんを愛する心が見えました』

赤いライトが激しく点滅する手術台を見ていると、自分でも止めようのない涙があふれた。後から後から頬をぬらす熱い涙を拭う暇もない。

直接床に座り、あらかじめ置かれていたクッションをかき集める。それらを抱きしめ、雅也は子供のようにしゃくり上げた。

周囲では同じようなすすり泣きやうめき声が上がっていた。皆、同じ気持ちなのだと思うと、さらに涙が頬を伝った。

『キャトルの愛でお兄さんは治りました。お兄さんはとてもとても感謝して、沢山涙を流しました』

墓地で多くの人形が踊っていた。

誰も彼もが笑顔で、くるくると回転していた。

それを見ると、絶え間なく涙があふれた。

気づくと周囲のすすり泣きは激しい嗚咽に変わっていた。しゃくり上げる音、泣きじゃくる声、床に頭を打ち付けるような音。

異様な光景だが恐怖は覚えない。雅也もまたむせび泣いていたからだ。

何という愛の物語なのだろう。

命をかけて人を愛し、命をかけて人に尽くす。そこまでしたいと思える人がいた、なおは幸せだ。そして彼の愛を受け取った兄は幸せだ。

——あの幸せを自分も味わえたら。

そう考えたところで、雅也は絶望した。

その願いは叶わない。キャトルはもう死んでしまった。自ら命を絶ってしまった。キヤトルはもういないのだ。

『大丈夫……愛は、引き継がれるのです』

厳かな声がぐわんと脳内で響いた。

『あなたの愛を、私が永遠に残しましょう』

その瞬間、ぐらりと身体が平衡感覚を失った。

次に気づいた時、雅也はクッションを抱いたまま倒れていた。周りには何人も、同じように人が倒れている。

妙に目がかすんだ。突然気持ち悪くなって嘔吐しようとしたが、腹に力が入らない。

ぐらぐらと頭が揺れ、意識が遠くなった。

何だこれ、と混乱する。その疑問に答えてくれる声はなかった。

【6】

どうやってミラーハウスを出たのかは覚えていなかった。

重い泥をかき分けるような心地で、晃平はよろめきながら「摩訶堂」に足を向けた。

「……ホントにない」

立ち入り禁止のテープが張られていたが、遠目にも店が焼失しているのが分かる。

摩訶堂があった場所には何もない。真っ黒に炭化した太い柱が何本か地面に立っているだけだ。「火元はおそらく寝煙草」と鯉沼は言っていたが、本当だろうか。晃平はアマリアが煙草を吸うところを見たことがない。

「お香か？」

一昨日、「摩訶堂」に入った時は、店内にむせかえるほどの香りが充満していた。愛猫を亡くしたアマリアがその喪失感を埋めるように焚いていたものだ。

あれが火元になったのかとも思ったが、確信が持てない。

少し迷ったが、晃平は彗にメッセージを送った。アマリアが死亡したこと。そして出火原因はまだ分かっていないこと。

仕事中か、新たな住まい探しの最中で返事は遅くなると思ったが、意外にも彗はすぐに通話をかけてきた。そのレスポンスの速さに晃平のほうが驚く。

『お香は関係ないんじゃないかなあ』

「なんでそう思うんだ？」

『あの時、晃平にビデオ通話で画面を共有してもらってたじゃない？　店に入って右側に低い棚があって、上に置かれた円筒形の置物から煙が上がってたよね』

「そうだったか？」

『気づかなかったの？　結構はっきり見えてたのに』

遠慮のない物言いに落ち込むが、彗が言うならそうなのだろう。

観察力も洞察力も推理力も、その他探偵業に必要な能力は全て彗のほうが上だ。どんなに悔しくても、その事実は覆せない。

『煙が立ちのぼる円筒形の置物となると、電気式のディフューザーの可能性が高いでしょ。そもそもあの店は燭台やランプも電気式だったし、直接何かを燃やすことはないんじゃないかなあ』

『燭台があったことは覚えてるけど、電気式だったか？』

『火の揺れ方が一定で、晃平がそばを通っても動かなかったからね』

「……なるほど。じゃあ店内に、火種になるものはなかったってことか」

『トラッキング現象の可能性も残ってるけど、オカルトショップだけ全焼したってところが気になるね』

　トラッキング現象とはコンセントと電源プラグの隙間に溜まった埃が発火する現象のことだ。「摩訶堂」の照明が電気式だったことや、商品であふれていたことを考えると、自然発火の可能性もありえたが、彗はそれを否定する。

『タイミングがそろいすぎてる』

　静かに言い切る彗に、晃平はゾッとした。スマホを持つ手が震える。

「タイミングって……」

『剝製魔を追っていた俺たちが訪ねた翌日の夜に火事で死亡するなんてできすぎだよ。あの時、俺たちの用事は何だった？』

「半年前のチラシを見せてくれって……おい、まさか」

『当たりだったんだよ、あれ。俺たちにチラシを見つけられると困る奴がいたんだ。……っていうか、あー、俺としたことがミスったあ』

　不意に彗が声を上げた。珍しく頭を抱えている光景が見えるようだ。

『あの店のチラシが自然に湧いたわけないじゃん。もっとちゃんと確認しておけばよかったよ』

「確認？」

『オカルトショップのチラシは身内で置き合ってたんでしょ。あの人形劇のチラシを作った奴と、オカルトショップの店長は顔見知りだった可能性が高いよ』

「あ……っ」

『まあ、それに気づいた何者かが店長を口封じしたんだろうけど。俺たちの行動、見張られてるっぽいなあ』

あまり一人で出歩くなよ、と忠告を残し、彗との通話は終わった。

晃平はのろのろとスマホをしまい、崩れ落ちているオカルトショップだった場所を見つめた。

(俺が、会いにいったせいで、アマリアさんは)

罪悪感が一気に膨れ上がり、思わず膝をつきそうになった。

(俺が、不用意に会いにいったから)

いたたまれない気持ちで、晃平は路地から離れた。

ぐらぐらと揺れる頭を抱え、気づくと「フラワーシゲクラ」の前にいる。「摩訶堂」からさほど離れていないとはいえ、歩いてきた記憶は全くない。

「晃平くん？」

店内にいた重倉が気づき、慌てて晃平を中に招き入れた。彼が血相を変えるほど、自分はひどい顔色をしているのだろうか。

「座って。今、お茶を淹れるから」

「いえ……。えっと……あ、しょっちゅう来すぎですね、俺。すみません」

「何言ってるんだ。大歓迎だよ」

重倉は晃平を窓際に手招いた。ぽっかりとできた陽だまりに丸い机と、二脚の椅子が置いてある。ふらりと訪れた常連客がくつろげるように作られたスペースだ。

机に太陽の光が差しているのを見て、晃平はいつの間にか雨が上がっていたことに気づいた。ミラーハウスを出た時も、アマリアの家を呆然と見つめている時も、雨のことは頭から消し飛んでいた。

傘はミラーハウスに置いてきてしまったようで、手には持っていない。明日にでも取りに行かないと、と思いながらも、晃平は引き寄せられるように椅子に腰掛けた。

腰を下ろした瞬間、ドッと疲れを自覚する。うなだれたまま陽だまりを見つめていると、どこまでも沈んでいきそうだ。

沈黙する晃平のもとに、重倉がガラス製のティーポットとカップを運んでくる。ポットの中ではカラフルな花が踊っている。紅茶ではなく、ハーブティーだ。

「レモングラス、ペパーミント、ローズマリー……やる気の出るハーブティーなんだ。アマリアさんが好きだった」

「……おいしいです」

温かいが、喉を通る時に清涼感がある。じわじわと体内を侵食していた悲しみが優しく溶けていくようだ。

「俺もついさっき知ったんだ。まだ実感が湧かなくてね」

重倉がため息をついた。

「昨夜、夢うつつに消防車のサイレンを聞いた気はしたんだけど、また寝ちゃったんだ。まさかアマリアさんのところだとは思わなかった」

「ここからだと火の手も見えなさそうですね」

「アマリアさんの家は商店街からも離れていたからね」

重倉の生花店は商店街の隅にある。アマリアのオカルトショップはさらに奥まった場所にあり、夜になれば人通りが絶えるほど閑散としていた。それ故、人々が異変に気づくほどの騒ぎにもならなかったのだろう。

「俺が小火(ぼや)の段階で気づけていたら、消しにいけたかもしれない。……ずっとそんなことを考えちゃってダメだね」

「正道さんのせいじゃありません」

「この世の中、時間を巻き戻せたらって思うことが多すぎる」

重倉が独り言のように呟いた。遠い目をした彼が何を想ったのかは分からない。だがきっと彼にもあるのだろう、これまでの人生で、やり直したいと思うことが。

胸の痛みを飲み込むように一度目を伏せ、重倉は淡く苦笑した。

「後で花を供えに行こうと思っていたんだ。晃平くんも一緒にどうかな」

「ぜひ。俺も一つお願いしていいですか？　赤いガーベラを入れて……」

「いいね。アマリアさん、好きだったもんね」

「毒のない花だと正道さんに教えてもらったって言っていました」

そのやりとりをしたのが一昨日のことだ。クリアファイルを返す約束をしたきり、それを果たすことがもうできないなんて信じられない。

「一年前『正道ちゃんのところでチラシを見たんだけど』って事務所に来てくれたのが昨日のことみたいです」

「いい人だったよね。いつも、ちゃんと食べているのか、寝ているのかを気にしてくれてさ。母親みたいだったな」

「分かります。会いに来てくれるのが楽しみでした。飼い猫の話も沢山してくれて……あ、でも」

オカルトショップを訪れた時のことを思いだす。飾り棚の中、赤いガーベラに囲まれて丸くなっていた猫の姿を。

「剝製にしてましたよね。薄暗い店内だと生きているみたいに見えたので、最初、驚きました」

「賛否両論あるだろうけどね」

重倉も複雑そうな顔で頷いた。

「ちょうど猫が息を引き取った日、店の常連客からペットを剝製にする話を聞いたそうだよ。最近はそうする飼い主も増えているんだってね。この街にも二軒、剝製の工房があるから、相談してみたらどうかって提案されて、悩んだけど依頼することにしたんだって」

「その常連客というのは……」

「そこまでは俺も聞かなかったな」

何か気になることがあるの？　と尋ねられ、晃平は曖昧に首を振った。

オカルトショップに人形劇のフライヤーを置いた人物は剝製魔事件と深く関わっている可能性が高い。そしてアマリアに、愛猫の剝製化を勧めた常連客がいるという。

これはただの偶然だろうか。

「でも自分で決めた後も、アマリアさんは悩んでいる感じだったたな。本当に剝製にしてよかったんだろうか。この子が成仏できなかったら、自分のせいじゃないかって」

「死生観って難しいですもんね」

「うん、少し前に俺も意見を聞かれて、プリザーブドフラワーの話をしたよ」

「プリザーブドフラワー？」

「あれは咲いた花をエタノールに漬けて、脱水と脱色を行うんだ。その上で保存液になるグリセリンと水、染料を花に吸わせることで長期間、楽しむことができる」

重倉は一度席を立ち、店の入り口付近に置かれていた箱を手にして戻ってきた。重箱の中にカラフルな花が敷き詰められている。たった今、美しく咲いた花の部分だけを切り取って、箱に詰めたかのようだ。

「プリザーブドフラワーは薬剤で防腐処理した花の剝製……。そういう見方もできるよね」

「それは……確かにそうですが、でも」

美しいと思えていたプリザーブドフラワーが急に花の死骸のように見え、晃平はひるんだ。

そもそも晃平も両親の月命日には仏壇に花を供える。両親の冥福を祈るための葬具の一種としか考えていなかったからだ。もし切り花を遺体だと思っていたら、そんなことはできそうにない。

「ごめん。グロテスクな話をしたかったわけじゃないんだ」

顔色を悪くした晃平に気づき、重倉が慌てたように言った。

「大切なものを綺麗なまま、そばに置くことで『命』はそこにあり続けるのかもしれない……。そう言いたかったんだ。アマリアさんに」

「魂は姿形に宿る、みたいな感じでしょうか」

それが正しい考えなのかどうか、晃平には分からない。信仰する宗教や信じている死生観があるわけではなく、他者の考えに善悪を付けられるほど厚顔無恥でもない。ただ重倉はアマリアの悩みを解消するために、プリザーブドフラワーの話をしたのだと分かるだけだ。

「俺も昔、枯れない花をもらったことがあります」

「プリザーブドフラワー？」

「いえ、でも手作りで、とても嬉しかった」

革で作った花だ。おそらく革製のバッグや財布などを作った後の端布で作ったものだろう。

十一年前、両親を亡くした晃平に、担当刑事が「預かり物だ」と渡してくれた。当時はあまりにも心が定まらず、渡されるままに受け取るだけだったが、時を経た今、革製の花は晃平の大切なものになっている。

仏壇に手を合わせる時、そばに置かれた「花」を見る。顔も知らない贈り主のことを思い、生きる勇気をもらえた気がした。

自分にとっての「花」がアマリアにとっては愛猫の剝製だった……。そう思うと、剝製だと分かった時にひるんでしまったことを後悔する。

アマリアに対して、悔やむことばかりだ。多くの温かいものをもらったのに、何も返せないままだった。

せめて、アマリアが天で愛猫と再会できていればいいのだが。

＊　＊　＊

花渕町西部は北部の工場にてなめされた皮革を扱う工房が各所に建っていた。ログハウスのような木造家屋が多く、街全体が落ち着いた空気に包まれている。直接工房に足を運んで商品を買い付ける客も多いのか、日の高い時間でも通りは賑わっていた。

しかし、工房の連なる一角を抜けると、途端に荒涼とした空気に包まれる。街外れには湿った空気が漂っており、雰囲気が全体的に暗く、重い。

行き先を失った者が流れ着く最後の泥炭地……。そんな雰囲気だ。

「ここだ」

翌日、晃平は鯉沼と栗原と共に街の外れに向かった。行き先は峰信子の家だ。

昨夜、同行させてほしいと電話をかけて頼んだ時、鯉沼は難色を示した。捜査の邪魔だという気持ちもあっただろうが、それよりもついてきても意味がないと言いたげだった。

『峰信子は相当、警察に不信感を持ってるからな。一度や二度、訪ねただけじゃ何も話してくれねえと思うが』

『かまいません。一つ確かめたいことがあるんです』

晃平の声に何か感じたのか、鯉沼はそれ以上は反対しなかった。『預かってる傘を返さにゃならんしな』ととってつけたような台詞を呟いただけで同行を許可した。

どうやら晃平がミラーハウスに忘れた傘を、鯉沼が回収してくれていたらしい。感謝しつつ、晃平は最寄り駅で鯉沼たちと待ち合わせ、目的地に向かった。同乗していた栗原を見た時は密かに緊張したが、彼は会釈しただけで不審な動きは見せない。

(鯉沼さんの前だとやっぱり大人しいんだな)

彼の二面性に薄ら寒いものを覚えたが、晃平は努めて冷静に振る舞った。

着いた先は年季の入ったアパートだ。建物の出入り口はオートロックでもなく、宅配ボックスなどもない。外階段の柵もペンキが剝げていて、築四十年は経過している様子だ。

ここが住宅街に一軒家を持つ峰信子の住み処とはにわかに信じがたい。住み慣れた一軒家をミラーハウスに改造したことといい、今にも崩れそうなアパートでひっそりと暮らしていることといい、誰もが首をかしげるだろう。

「こんにちは、峰さん。いらっしゃいますか」

外階段で二階に上がり、日当たりの悪い一室の呼び鈴を押す。直接受け答えができるインターフォンはついていない。しばらく待ち、もう一度呼び鈴を押した。さらにもう一度押してもいいものかどうか晃平が迷っていると、ドアがわずかに開いた。

「帰れ」

乾燥した古紙のような、ガサガサとした老婆の声だった。

チェーンはかかったままだ。一センチにも満たない隙間からは峰の顔も見えない。後ろで苦々しい顔をしている鯉沼と栗原を目で制し、晃平は低いうなり声に似た老人の声に向かって一礼した。

「突然お邪魔してすみません。吾妻……晃平と言います」

「おい、近森くん」

ハッと息を呑んだ鯉沼の声に、晃平は彼もまた自分の過去を知っているのだと悟った。栗原に聞かされたのかもしれないが、知った上で黙っていてくれたのだ。

心の中で鯉沼に感謝しつつ、晃平は深呼吸を一つした。誰かの前でこう名乗るのはずいぶん久しぶりだ。

「吾妻亮介と梢の息子です。峰さん、少しだけお話をさせてもらえないでしょうか」

「……入んな」

一分ほど時間が空いた後、ドアチェーンを外して扉が開いた。背後で、鯉沼たちが驚いた気配がする。

(ずいぶん小さい……)

現れたのは百五十センチにも満たない小柄な女性だった。総白髪で、顔中に刻まれた深いしわとシミからは、九十歳以上に見える。

晃平は彼女を知っている。面識はないが、おそらく峰も晃平を知っていたのだろう。だからドアを開けてくれたのだ。

なんと言えばいいのか迷った結果、何も言葉が出てこず、晃平と峰はしばらく視線を交わした。

ただそれで十分だった。

峰信子はキャトル事件の三番目の被害者、三ツ瀬薫（みつせかおる）の母親だ。

「あの時の中学生がもう社会人か。時間の流れは早いね」

晃平たちをアパートの一室に招き入れ、老婆は深く息を吐いた。声を発するだけでも重労働というように一言一言が重く、濁っている。もしかしたら肺かどこかを患っているのかもしれない。

峰信子について、晃平が知っていることは多くない。そもそも、猟奇殺人鬼キャトルに殺害された三ツ瀬薫についても詳しいというわけではなかった。既婚の四十代で子供は二人。ある日、いつものように買い物に出た後で行方が分からなくなり、数日後、河川敷で発見された。上半身の衣服を脱がされた状態で正座し、膝の上に置いた両手の上に右の肺を載せられていたという。

割り開かれた胸部以外に外傷はない。性的暴行の痕跡どころか、三ツ瀬薫には縛られた形跡や争った跡もなかった。まるで催眠術にでもかけられ、自分から進んで殺されたとでもいうように。

報道された時はまだ、犯人に「キャトル」というあだ名はついていなかった。同様の手口の殺人が二件起きていたため連続猟奇殺人として騒がれたが、その騒動が「熱」を帯びるようになったのは四件目の事件の後、報道関係者が犯人を「キャトル」と呼び始めた後からだ。

四人目の被害者が未就学児だったことと、当時難病治療のために入院していた兄の見舞いに行った帰りに拉致されたことから、報道機関はセンセーショナルにその犠牲を取り上げた。

三ツ瀬薫の旧姓が「峰」であることも、事件と無関係の人々は覚えていないだろう。

だが彼らの記憶から消えたといって、当事者の苦しみがなくなるわけではない。初めて顔を合わせたにもかかわらず、晃平は自分と同じ苦しみが峰の中にも根付いていることを悟った。

「名字は変えたのか」

「はい、吾妻の性は有名になりすぎてしまって」

「それがいいよ。今は何を？」

「探偵事務所を開いています」

「父親と同じ道に進んだのか」

ポツポツと短い会話が繰り返される。峰は無愛想だったが、その声にはほのかな親しみがあった。晃平の父方の祖父母はキャトル事件が起きる前に、母方の祖父母は事件後、少ししてからそれぞれ他界した。峰を前にしていると、優しかった彼らのことを思いだす。

「両親が亡くなった時、刑事の一人から造花をもらいました。同じ事件の被害者遺族が革製品を扱う職人さんで、両親の冥福を祈って作ってくれたのだと」

「…………」

「あれが峰さんだったんですね。革職人の峰さん、と今回お名前を聞いた時、やっとそれに思い当たって……。御礼が遅くなってしまってすみません」

「気にすんな」

負担になっていなくてよかった、と峰は石のように固まった表情を少しだけ動かした。もしかしたら笑ったのかもしれない。

今回の事件で「峰」という名字を聞いた時、晃平の記憶の片隅で何かがちらついたのはこれだったのだ。

あの時はまさかキャトル事件の被害者遺族が剝製魔事件にも関わっているとは思いも寄らなかったが、一度両者が結びつけば、色々なことが理解できる。

峰信子が警察嫌いであることもその一つだ。十一年前、峰もまた娘を亡くした悲しみが癒えない中で、警察に執拗な取り調べを受けたのだろう。

「あの頃、警察もマスコミもクソだったわ。薫に外傷がなかったからという理由で、自分から服を脱いだんだとかなんとか騒ぎたててよ。京間緋新が捕まってからは、ますます色男相手に、とかなんとか……憤死しそうだったね」

「ひどすぎる……！」

「比較的注目されなかった薫ですら、あんな辱めを受けたんだ。あんたは……もっとだっただろう」

「…………」

峰は言葉を濁したが、その奥に様々な感情を感じた。当時、騒動の渦中にあって、報道を見る余裕のなかった晃平よりも、もしかすると峰のほうが報道内容を目にしていたかもしれない。それ故、あることないことを騒ぎ立てられる晃平を哀れに思い、造花を贈ってくれたのだろうか。

「今日は突然押しかけてきてすみません」

本題に入ってほしそうにこちらをチラチラと見ている鯉沼に軽く頷き、晃平は峰に向き直った。

「とある依頼を受けて調査している時、峰さんのミラーハウスが浮上しまして……。お話を伺ってもよいでしょうか？」

「それは昨日来た刑事たちと同じ用件かい」

「はい、今、捜査にも協力しています。こちらも花渕署の鯉沼刑事と栗原刑事です」

「だと思ったわ。目つきが刑事そのものだ」

ふん、と威圧するように鼻を鳴らしたが、峰は晃平たちをすぐに追い返そうとはしなかった。最初のハードルは越えられたようだ。

（ここからだ）

今、峰は同じ傷を抱える同情心で晃平を家に上げてくれた。それでも、この後の展開次第では事態がどう進むかは分からない。

（でも、多分峰さんは剝製魔には協力してない）

実際に会い、その確信が強まった。

峰の心の傷はまだ癒えていない。娘を無残に殺害された苦しみから人を遠ざけ、人から遠ざかり、今もなお一人で苦しんでいる。

剝製魔と知らずに場所を貸したのだろう。ただそれを確かめる前に、他にも気になることがある。

晃平は考えながら口を開いた。鯉沼たちはやりとりを晃平に一任することに決めたようで、黙って見守っている。

「昨日、ご自宅に寄ったんですが、鍵はかかっていないようでした。中は綺麗でしたが、あれでは荒れてしまうのではないですか？」

「ワシも意外だったわ」

「意外？」

「放置すれば、必ず荒らす奴が出ると思ったんだ。近所の悪ガキやら酔っ払いやらが侵入して鏡を破壊してくれれば、気兼ねなく取り壊すつもりでいたのによ」

「鏡は本人の姿を映しますから……」

普段は横柄で乱暴な者でも、その様を自分で直視するのはためらうのだろう。その結果、皆がなんとなく遠巻きにし、ミラーハウスの秩序は守られてしまった。

「峰さんはなぜ家を改造したんですか？　申し訳ないですが、少し恐ろしくて」

「だよな、今ならワシもそう思うが、あの時は変になってたとしか言いようがねえ」

「変に？」

「薫が殺されて、犯人は何も語らねえうちに自分で死んじまってさ。なんで娘が死ななきゃならねえ、あいつはなんで娘に目を付けたんだってずっと考えてた。旦那も先に亡くしてたから、薫だけがワシの生きがいだったんだ。そんなあの子をなぜ、なぜ……って」

「……分かります」

「考えて考えて、さっぱり分かんなくても諦めらんなくてよ。世間があんまりにも犯人をキャトルだ、ミノタウロスだと呼ぶから、わけが分からなくなってよ。あの頃の記憶が曖昧なんだ」

　峰はぼそぼそと話しながら肩を落とした。話すだけでとても大変そうだ。声にゴロゴロとした不穏な音が混ざり、峰は話す途中で何度も息をついていた。

　無理に話さなくてもいいと晃平は言いたくなった。だが峰のほうが話すことをやめようとしない。

「気づいたら、家をあんな風に改造してたんだわ。ミノタウロスみてえに迷宮で暮らしてみたら犯人の考えが分かるかもしれねえ、なんて思ったのかもな」

「そんなつらいことを……」

「本当だわ。だがいいのか悪いのか、結局ワシはそこまでしても何も分からんかった。二年くらいこもっていたが、ある日、突然光が差してよ」

「光？」

「いつの間にかカーテンが窓から外れて床に落ちてた。そこに差し込んだ光が鏡に反射したんだろ。目の前がバッと金色に染まって、急に目が覚めたんだ。ワシは合わせ鏡で作った広間みてえなところで一人、座り込んでた」

「……っ」

「辺り一面、ゴミだらけでよ。大量の紙が散らばってた。ワシが何かを書き込んでたようなんだが、テメエで見ても、一文字も読めなくてなあ」

ぐっぐっ、と峰は形容しがたい声で笑った。

「途端に恐ろしくなって、悲鳴を上げて飛び出した。そっからはしばらく姪のところに身を寄せてよ。屋敷の中にあったもんは業者に全部捨ててもらった」

「でもミラーハウス自体は残したんですね」

「なんでだろうなあ」

ワシにも分からねえ、と峰は肩をすくめた。ただ、分からない、と言いながらもその目に一瞬力強い何かがよぎる。それが何なのか、晃平が確かめる前に、峰は目を閉じてしまった。

（閉じ込めようとしたのかな）

自分の中に生まれてしまった怪物を、鏡の迷宮の奥深くに。

もう二度と、そんな怪物が生まれないように。もう二度と苦しむ人が出ないように。

ぜいぜいと彼女は肩で息をしている。

もう切り上げたかった。少なくとも峰の体調のことを考えたら、これ以上の会話は彼女の負担になるだけだ。

すみません、と詫びながら晃平は本題に入った。

「あのミラーハウスで半年ごとに人形劇が行われていることはご存じですか？」

「ん……そういや、一年半前くらいから電話が来るようになったな。利用許可を取る奴なんて滅多にいないから覚えてる」

剝製魔事件が起き始めた時期とも重なる。犯人は最初から、ミラーハウスを拉致現場に決めていたようだ。

「どんな声だったか覚えていますかね」

我慢できなくなったように、鯉沼が身を乗り出して尋ねた。軽く片眉を上げたが、真剣な表情の鯉沼に思うところがあったのだろう。峰は鯉沼に向き直り、普通に話を続けた。

「若い男だったが、他には特に……。どこにでもいるような感じだ」

「電話をかけてくるのはいつも同じ奴でしたか？　その時、ミラーハウスの予約以外で何か話したことは……」

「軽い雑談程度だね。人形師ってのは自分で人形も作るのかい、とか、他にも地方を回ってんのかい、とか、そんな感じだ。向こうからは人形は手作りだとか、全国を回ってるとか、そんな感じの返事があったかな」

鯉沼の問いに首をかしげながらも、峰は一つ一つ律儀に答えた。

晃平は二人のやりとりを聞きつつ落胆の気持ちを抑えきれずにいた。

得られた情報はほとんどない。人形師が峰に事実を話したという保証もない。分かるのは、はっきりと出身が分かるほどの方言はなく、特徴的な声音でもないということくらいだ。

（なら後、聞くべきことは一つだけだ……）

ただ、どういう流れで聞けばよいか、晃平は迷った。直接尋ねることははばかられる。できるだけ衝撃を与えないように話を持っていかなければ。

「えっと、落ち着いて聞いてほしいんですが……」

だが晃平が口を開きかけた時、いきなり栗原が会話に割り込んだ。

「おかしくないですか。あなたは娘さんをキャトルに殺されたのに、なんでキャトル事件を扱う人形劇を上演させてたんです？」

「は……？」

「あのおどろおどろしいフライヤーを見たところ、絶対スプラッタホラーですよね。被害者たちがキャトルに次々と殺される系の」

「お、おい！」

鯉沼が制止の声をあげたが、栗原は止まらない。峰に詰め寄り、その肩を強く摑んで、なおも問う。

「劇、観ました？　場所を貸してるんだから、観てないってことはないですよね？　なんで剝製魔に協力してるんですか？　キャトルに対する復讐とか？　剝製魔の悪名でキャトルの名前を上書きしよう、的な？　もしくはミラーハウスでキャトルのことを考え続けた結果、真似してみたくなったとか？　あなたが剝製魔なんですか？　革職人なら皮膚の扱いには慣れてますよね。いろんな薬品を大量に手に入れても怪しまれないでしょうし、引退したなら時間もたっぷりありますし……えっ、あ、色々つじつまがあっちゃうな……。もしかして本当にあなたなんですか？　どんな気持ちで殺人を？」

「な……な」

ぐん、と峰の目が極限まで見開かれた。目の前に怪物が現れたかのように、彼女は瞬きすら忘れ、大きくのけぞった。

「キャ、トル……の、劇……ガッ」

老いさらばえた身体が激しく震えた。故障寸前の機械のように乱暴に振動し、峰は喉をかきむしる。

「──カッ……アッ、……コハッ……」

「栗原さん！」

「馬鹿野郎、栗原！」

晃平と鯉沼が同時に声を荒らげた。

わなわなと震えだした峰の喉から、ひゅう、と木枯らしのように細く、冷たい音がした。同時に峰は胸を押さえてうずくまる。

「峰さん！」

「……ぁ、ぐっ……」

駆け寄るが、みるみるうちに峰の顔は紙のように青ざめていく。ガクガクと身体が震え、目が濁っていくのがはっきりと分かった。

「――……、……ぅ」

パクパクと峰の唇が動いたが、声にはならなかった。薫、と娘の名前を呼んだようにも、彼女に懺悔したようにも見えた。

……峰は知らなかったのだ。自分が貸したミラーハウスでどんな人形劇が行われていたのか。

あらゆることに興味をなくして隠遁した彼女が人形劇の内容に興味を示さなかったのは理解できる。ただ感じのいい青年から場所を提供してほしいと頼まれ、頷いただけだったのだ。そんなことは今、彼女と少し話しただけの晃平でも理解できたのに。

「峰さん、しっかりしてください！」

「今、救急車を呼ぶ！　気持ちを強く持て、峰さん！」

晃平と鯉沼は口々に峰に呼びかけた。

峰は震える手で晃平の腕を摑んだが、その目は晃平を映していない。深い罪悪感と苦しみだけが一筋、涙となってしわだらけの頰を伝った。

そして、彼女は糸の切れた操り人形のように、ぐらりと崩れ落ちた。

【 7 】

峰信子はあっけないほど簡単に息絶えた。まるで生きる気力そのものが身体から流れ出てしまったように一瞬で。

駆けつけた救急隊員の呼びかけにも応えることなく、どんな応急処置も意味をなさずに病院に着いた時にはもう手遅れだった。

「肺と心臓が悪かったんです」

連絡を受けて花渕総合病院に駆けつけた峰の姪が長いため息をついた。

「昔からの持病で……。薫ちゃんのことがあってからは通院もやめてしまったので、むしろ長く持ったものだと思います」

「そうでしたか……」

お悔やみを申し上げます、と晃平は頭を下げた。鯉沼と栗原は署に連絡をすると言って離席している。

自分たちが訪ねた時に急変したのだから、どんな罵倒も受け止める覚悟だったが、峰の姪は何も言わなかった。重い荷物を下ろした時のようにも見えるが、すがすがしさは全くない。むしろ自分の下ろした荷物を改めて確認し、その大きさに絶望しているような顔だ。晃平がキャトル最後の被害者の息子だと気づいた様子はない。たまたま居合わせた一般人に、ほんのつかの間、峰の話をしたがっている。

「ミラーハウスから出た時にひと月ほど我が家にいたんですけど、すぐに一人暮らしを始めてしまって……。今では年に何度か、電話をするだけでした」

姪はやりきれない表情で首を振った。

「まだ七十代だったのに……でも、これからやりたいことなんてもう、なかったかも」

むしろ楽になれたんですかね、と憔悴した顔で笑う。自分自身に言い聞かせるように。

アパートで晃平たちを迎えた峰信子は九十代に見えた。愛娘（まなむすめ）の凄惨な死は母親にそれほどの衝撃を与えたのだ。

「ミラーハウスで峰さんが書いていた紙は全て業者に処分してもらったとか」

「ええ、私は実物を見ていませんが、業者さんは苦笑いしていました。御祓（おはら）いに行ったほうがいいかも、なんて言っていましたから、多分ちょっと怖い感じだったんでしょうね」

姪は言葉を濁したが、大量に放置されたその紙に書かれていたのはおそらく、精神のバランスを崩した者が書き殴ったような内容だったに違いない。

改めて、峰がこちら側に戻ってこられたことは奇跡だったと思う。理性を取り戻した後の峰が幸せだったようには見えなかったとしても。

「えっと」

何か言おうとしたが、晃平は何も思いつかなかった。姪もこれ以上多くの会話は望んでいないようだった。

沈黙が落ちた時、病院の廊下を鯉沼たちが歩いてくるのが見えた。峰の姪も彼らに気づき、その場を立ち去ろうとする。葬儀に関する手続きなど、やることが多いのだろう。晃平も頭を下げ、彼女を見送った。

「栗原、お前、なんであんなこと言った」

花渕総合病院から出ると、もう日は暮れていた。一日が終わろうとしているのだと感じた途端、疲労感が両肩にのしかかってくる。

鯉沼もまた、晃平と同じ気持ちのようだった。疲れと後悔、そして怒りが渦巻いている。

「峰信子が何も知らねえことは会話から十分分かっただろうが！　いきなり聞いたら、ショックを受けるに決まってんだろ」

「え、でも確かめなきゃいけないことですよね？　事情を知ってて家を貸してたんなら、峰信子も共犯の可能性があるじゃないですか」

「だが違った。その結果があれだ。お前の不用意な発言が峰信子を殺したようなもんだ！」

「え、え、そんなあ……」

困惑して視線を泳がせる栗原を見て、晃平はめまいを覚えた。

前日、ミラーハウスで詰め寄られた時も思ったが、栗原は本気で悪気がない。

キャトル事件の計画書のありかを知りたいから晃平に聞く。キャトル事件を題材にした人形劇と知った上で場所を貸したのかが気になったから峰信子に聞く。

栗原には絶望的なまでに、他人に対する共感や配慮がない。これは栗原の性格によるものだろうか。それとも警察という組織全体に蔓延している風潮だろうか。

(鯉沼さんはまともだ)

だが鯉沼のような刑事ばかりではない。

峰信子もしかり、秋月瑠華もしかり。肉親や配偶者が被害に遭い、傷も癒えない状態で警察に無神経な取り調べを受けたことで彼らに対して悪感情を抱いている。そのせいで警察に非協力的になり、結果として事件の捜査が進まないのだから悪循環だ。

それでも栗原は己の行動を省みない。おそらく強引な捜査で解決した事件もあったのだろう。その成功体験があるため、自分の問題行動を深刻に捉えていない。

「今日は失礼します。ちょっと、今日はもう……」

無力感に打ちのめされつつ、晃平は鯉沼たちに頭を下げた。昨日はアマリアを、今日は峰を失った。あまりにも喪失感が大きすぎる。

「彗にも今日のことを話してみます。俺とは違って、あいつなら何か思いつくことがあるかもしれませんし」

「おう、送ってく」

「いえ、電車で一本ですから……」

「遠慮すんな。色々あったが、近森くんのおかげで峰さんは俺らを信じてくれたんだしよ」

謝礼代わりに乗ってけ、と鯉沼に言われ、ありがたく厚意に甘えることにする。

栗原は栗原で、大人しく鯉沼に従っていた。自分自身の不用意な言動を反省しているのか、落ち着きなく、そわそわしている。

「今日はお疲れ様、探偵くん」

覆面パトカーを運転しながら、栗原が明るく言った。赤信号で停止したついでに、車内に置いてあったバッグから何かを取り出し、晃平に差し出す。

「よかったらチョコ食べる？　セレクトショップの新作」

「いえ、結構です」

「鯉さんはどうぞどうぞ」

「……おう」

一瞬間があいたものの、鯉沼は差し出された箱からチョコレートを一粒摘んだ。バリバリと嚙み砕きながら、彼は大きくため息をつく。

「相変わらず変な味してんな。普通の板チョコで十分じゃねえか」

「んもう、本当に差し入れし甲斐がない……。怪しいものじゃないです。香辛料と洋酒を利かせた珍しいチョコで、セレクトショップにも滅多に入荷しないんですから」

「……そのチョコが好きなんですか？」

口を開くのも億劫だったが、晃平はぼんやりと栗原に尋ねた。

「ええ、珍しいものは大抵好きです。特別感があるでしょう？　誰も知らないものを最初に知って、みんなに広めて、みんながすごいすごいと話題にしたら興奮するというか」

「よく分かりません」

これがもし広告代理店やインフルエンサーの発言ならば、そんなものかと思ったかもしれない。自分が流行の発信源になりたい、という欲求自体は全く共感できないが、なんとなく世間の抱く「業界人」のイメージには合致する。

だが栗原は刑事だ。公僕が持つ願いとしては、かなり特異な部類に入るのではないだろうか。

奇妙な居心地の悪さを抱きながら、気づくと晃平のアパート前に到着していた。帰ってきたと思った瞬間、再び疲労感に襲われる。

ふらつきそうになる足に力を込め、晃平はなんとか二人に頭を下げた。

「ありがとうございました、鯉沼さん、栗原さん」

「おう、お疲れさん」

なぜか立ち去らずに見送ってくれる彼らにぎこちなく笑みを返し、晃平は自分の家に向かった。

湿り気を帯びた冷たい風が吹いている。限界まで水を吸い込んだ綿のような雲が空を覆い、また雨が降りそうな気配だ。

ドアの前で一度深呼吸をする。腹に力を入れつつドアを開けた瞬間、まばゆい光が室内から流れ出てきた。

「……はあ」

目の前の光景に、思わず深いため息がこぼれた。事務所のソファーに不法侵入者が悠々と座っている。

「おかえりー、晃平。遅かったね」

そののんきさに、晃平は顔をしかめた。

「どうやって入ったんだよ、通報するぞ。……というか鯉沼さんたちに来てもらうぞ。まだ呼べば声が届くところにいるんだからな」

「ははっ、令状のない刑事なんて一般人と同じだよ。恐れるに足りない足りない」

不法侵入者、彗はちびちびとブラックコーヒーを飲みながら笑い飛ばした。

（今日は出勤しなかったみたいだな）

彗はラフな私服に身を包み、会社用とは思えないデザインのバッグを傍らに置いている。会社を休んで新居探しをしただけではなく、晃平とは別行動しつつ何かを調べてきたようだ。

彗がこの事件にそこまで興味を持っているとは知らなかった。晃平と同様、彗もこの一年、剝製魔事件には興味を示していなかった。ここに来て、積極的に調査を行う気になったのはなぜなのか。

「まさか錠を壊して押し入ったんじゃないだろうな」

彗の様子を気にかけつつ、晃平は別のことを尋ねた。

先ほど、自分は確かに鍵を開けたはずだ。施錠を忘れた部屋に堂々と入ってきたのならまだしも、なぜ家主もいない家で彗がくつろいでいるのか。

「そんなことするわけないでしょ。ポストの天板に貼り付けてあった合い鍵を使ったに決まってるじゃない」

「なんでそこに合い鍵があるって知ってるんだよ」

「晃平の実家、鍵の隠し場所がずっとそこだったからねえ」

「そうだった……」

幼馴染(おさななじ)みゆえ、相手の家の事情は互いに知っている。普通は合い鍵の場所を知っていても使わないと訴えたいが、彗相手に常識を説くだけ無駄だ。

「コーヒー、まだ残ってるよ」

上着を脱いだ晃平に、彗が棚の上に置いてあるコーヒーメーカーを指さした。コーヒー豆は鍵付きの戸棚に入れてあるので、彗には使えない。わざわざ自分で買いに行き、コーヒーを淹れたようだ。

「作り直す。あったかいのを飲みたいしな」

「じゃあ俺にもおかわり。ミルクも持ってきて。飲みながら、今日一日の報告を聞かせてよ」

「はいはい」

冷えたコーヒーはシンクに流し、戸棚から取り出した豆でコーヒーを淹れる。かぐわしい香りが事務所に漂う頃、ようやく晃平はホッと息を吐いた。不法侵入者がいようと、やはり自宅は一番落ち着く。特にこの日は色々なことがありすぎた。

峰のアパートへ行った後の会話や、峰の死を話していると、あっという間に一時間が過ぎていた。普段は腹立たしいほど喋る彗だが、相手の話を聞く時は不思議と大人しい。適度に合いの手や質問を挟みながら、自分がほしい情報をうまく相手から引き出していく。元々の美貌に加えて、この聞き上手な能力があるせいで、面倒くさい性格という欠点が緩和されている。

「峰信子に半年ごとに電話をかけてくる人形劇の主宰者ね……。十中八九、剝製魔だろうね、それ」

「彗もそう思うか」

　話を聞き終えた彗は「当然」と頷いた。晃平が自室の冷蔵庫から持ってきた牛乳を自分でコーヒーに注ぎ、ぬるいぬるいと文句を言いながら。

「というか、剝製魔も人形劇の演者も、峰信子に電話をかけているのもフライヤーを作るのも、全部同一人物だと思うよ」

「共犯者がいないときつくないか」

「そりゃ大変だけど、人を増やせば増やすほど、不測の事態が起こりやすくなるしね。うかつな共犯者が証拠を残すリスクを考えたら、全部一人でやったほうがいいって思うタイプじゃないかな。そもそも半年かけて剝製を作るほどの根気はあるんだから、一人で準備する手間くらいは何でもないでしょ」

「それは確かに……」

「ただ、どんなに完璧主義者の犯人でも、『諸々（もろもろ）のリスクを冒してでも手に入れたい共犯者』は存在するけどね」

「何だよ、それ」

「それが手に入ったら無敵になれる最強の武器。今回、剝製魔はそれを手に入れたんだよ。むしろ『手に入れたから、ことを起こした』が正しいのかな。成功するか分からない博打を打つタイプでもなさそうだしね」

「……？　何の話をしてるんだ」

「ようやく色々見えてきたんだ。お前が動き回ってくれたおかげでね」

したり顔で彗はにんまりと笑った。頼もしさよりも邪悪さを覚えてしまうのは、これまで彼が引き起こした騒動に起因するものなのか、単なる不吉な予感なのか。

彗はカフェオレを好みの濃さにしたいのか、微調整を繰り返している。一口飲んでは牛乳を足し、また確かめては牛乳を足し……深みのある茶色がどんどんベージュに近づいていく様を見て、晃平は眉をひそめた。

ほとんどクリーム色といっていいところまで牛乳を足し、彗は晃平にカップを見せる。

「これ、中に入ってるのは何だと思う？」

「ほとんど牛乳だろ」

「そうだよね。元はコーヒーだったのに薄まりすぎて、見る影もない。同じことだったんじゃないかと思ってさ」

「何が」

「最初から考えてみようよ。秋月瑠華はスマホを見つけてほしくて晃平のところに来たんだよね」

「は？」

急に話題が飛び、晃平は困惑した。理由を問おうとしたが、彗は平然としている。話題が飛躍したわけではなく、カフェオレの話と地続きだと言いたげに。

「そうだけど、それがどうかしたか？」

「秋月瑠華は隣町の大手探偵事務所に断られたからここに来たって言ってたんだよね。でもそれ、嘘だよ。隣町の探偵事務所に秋月瑠華は行ってない」

「なんで分かるんだよ」

「隣町の大手って一軒しかないでしょ。探偵業で受けた依頼や知り得た知識には守秘義務があるけど、『誰が事務所を訪れたのか』を言うことは禁止されてないからさ」

探偵事務所も「店」だ。彗にとっては立ち寄りたくない場所だっただろうが、大手の商業施設や高層ビルであれば、まだ我慢できるらしい。人通りが激しく、いくつも出入り口があるなら耐えられる。隣町の大手探偵事務所もその条件を満たしていたのだろう。ただ、それでも気軽に立ち寄ったとは思えない。これは確かめなければならないことだと覚悟を決め、気合いを入れて挑んだはずだ。

（なんでそこまで）

瑠華が大手を訪ねていない、と確かめることはそれほど重要なことだったのだろうか。

「大手を訪ねたかどうかじゃなくて、ピンポイントで晃平のところに来たかどうかを確かめたかったんだ」

「俺を？　なんで」

「そもそも、今回の依頼って最初からおかしかったじゃない？　半年前になくしたスマホを見つけてほしい、自分が立ち寄った店に行って、同じ行動を取ってほしい、なんて意味分からないじゃん。晃平レベルのポンコツなお人好し以外、速攻で追い出すよ」

「う……」

「晃平だってさすがに秋月瑠華の言うとおりにして、スマホを見つけようとはしなかったしね。依頼はあくまでも『スマホ探し』で、そのスマホも剝製魔が持ってるだろうと考えた。実際、秋月瑠華の指定したルートは捜索のとっかかりにしただけだし」

彗の言うとおり、晃平が立ち寄ったのは結局「フラワーシゲクラ」だけだ。その後、半年前のチラシを得るために「摩訶堂」に向かい、人形劇のフライヤーに気がついた。彗が人形劇の上演日時と剝製魔事件の被害者の失踪日に関連性があると気づいてからは、ミラーハウスや峰に対する聞き込みを優先してきた。

「秋月瑠華の依頼はスマホ探しじゃない。自分の指定したルートを晃平に歩いてもらうことが重要だったんだ」

「な、なんでそんなことを」

質問しながらも、晃平は自分の声が妙に乾いていることを感じていた。

瑠華は半年前の四月十七日に、「フラワーシゲクラ」で季節の花束、「昌魚」で鯛を一匹、「三村酒店」で大吟醸「牛追い」を買ったと晃平に話した。

花、鯛、酒。

「神饌、か？」

神事において、神に捧げる供物のことだ。その年に穫れた米や酒、尾頭付きの魚に花を添え、神に捧げる。

瑠華は晃平に、それらを集めさせようとした。……なぜ。

「剝製魔と秋月瑠華はつながってた。そう考えるのが自然でしょ」

「……っ」

その事実を隠すために、瑠華は晃平に様々なことを言った。スマホを探してほしい、歩いてほしいルートがある、連絡は毎日入れてほしい……。

牛乳を注ぎすぎてコーヒーの存在感が消えるように、今回の依頼の真意は今の今まで覆い隠されていたのだ。

「そもそも秋月瑠華のスマホを盗んだのが夫の秋月雅也だと仮定すると、話はすごく簡単になるよ。妻のスマホを盗んだ状態で、夫は人形劇を観に行き、そこで拉致されて殺された。剝製魔はその後、妻に連絡して『スマホを返してほしければ自分の指示に従え』って言ったんだ」

「それで秋月さんは俺のところに来たっていうのか。じゃあ調査期間を二週間にしたのも」

「二週間後に人形劇があるからだろうね。俺たちは指定されたルートを外れて『摩訶堂』で人形劇のフライヤーを見つけたけど、言われたとおりのルートを辿っても、フライヤー自体は見つけたはずだよ。現にこれ、『三村酒店』に置いてあったし」

彗は自分のスマホを起動させ、撮った画像を晃平に見せた。

さすがに個人商店には入れなかったようだ。店の外から写真を撮ったのか、「牛追い」とラベルが貼られている大吟醸の後ろにチラシらしきものが写っている。色合いや構図からして、『キャトルの迷宮』のフライヤーなのは間違いない。

「なんでこんなところにフライヤーが……」

「店主に内緒で仕込んだんだろうね。『牛追い』を求めて晃平が店に立ち寄った時に気づくように、さ」

「待て……ちょっと待て、待ってくれ」

ふっと脳裏をよぎった考えに、一気に血の気が引いた。うわごとのように待てと繰り返す晃平に、彗は目を細めた。懇願されて、素直に待ってくれるような男ではない。彼はすでに晃平が考えたことと同じ結論に至っている。

ソファーに沈むように頭を抱え、晃平はうめいた。嘘だろう、という益体もない思いがぐるぐると頭の中を巡り、冷静に考えることを妨害しているようだ。

考えたくない。気づきたくない。

認めてしまえば、悪夢に取り込まれる。必死で逃げ出した、地獄のような迷宮に。

「神饌は、神に捧げる供物だろ」

「そうだねえ」

「剝製魔は、被害者を剝製にする殺人鬼だろ」

「そうだねえ」

剝製魔は被害者を「生贄」とは定義しない。少なくとも過去三件の事件に関しては、自分自身の犯行を神話や物語に見立てることも、警察に犯行声明を送り付けることもしなかった。

「考え方を変えたのか」

「もしくは、今までの三件は練習だったたか。ああ、練習っていうのはちょっと違うかな。慣れてきたから、今までよりも自分の行為を掘り下げて語りたくなった、みたいな」

なんだよそれ、と怒ろうとしたが、声が喉に張り付いたようだった。身体の震えが止まらない。

「これまでの三件で剝製魔はどんどん大胆になってきたよね。公園や広場に剝製を置くんじゃ満足できなくなって、被害者遺族のもとに送り付けてきた。次はもっと人目を集めたくなっても不思議じゃないよ。じゃあ誰を選ぼうかなって考えた時、普通は世間で注目されてる人を選ぶよね。芸能人とかスポーツ選手。もしくは」

「過去の、大事件の生き証人」

「とかねえ」

キャトル事件を題材にした人形劇の舞台を拉致現場にしていることからして、剥製魔はキャトル事件を強く意識している。その被害者遺族を自分の犯行の被害者に選び、キャトル事件を超えるインパクトを世間に与えようとしているのだろうか。

「吾妻夫妻はある意味、キャトル事件のヒーローだからね。その息子を『生贄』に選ぶのは納得できるよ。ただ」

彗がうっすらと笑った。

「大人しくソレを待つわけないけど」

非の打ち所のない美貌が作り出す笑みの凄み。ほのかに揺らめく怒りに似た炎。

珍しく彼は怒っている。彼が事件解決に乗り気だったのはこれか、とようやく晃平は合点がいった。

一体いつ気づいたのかは分からないが、晃平がターゲットになったことを察した彼は仕事を休んで独自に調査を開始した。そして多くのことを知ったのだ。

（じゃあ鯉沼さんたちがさっき俺を送ってくれたのも）

一人にさせないよう、あらかじめ彗が話を通していたのだろう。

彗がそこまで本気になる相手なのだ、剝製魔は。

「俺は何も知らないのに」

晃平は思わずうめいた。

「なんで父さんと母さんが殺されたのかも、あの日何があったのかも、京間がどういうつもりだったのかも知らない。キャトルの計画書なんて知らないし、父さんたちから託されたものもない。事件の資料なら警察が持ってる捜査資料で全部だろ」

「そうだろうねえ」

「俺は秀でた能力もないし、ツラだって普通だし、どこにでもいる通行人Aだ。なのに何でどいつもこいつも……っ」

「まあまあ、晃平、落ち着いて」

「お前は他人事だと思って……！」

「じゃあ晃平は、『秀でた能力があってイケメンだったら被害に遭っても当然』って思うの」

「……っ」

晃平は冷水を浴びせられたように絶句した。

自暴自棄になり、取り乱していた感情が一瞬で凍り付く。

「ち……違う」

「だよねぇ。俺だってお前がそんなこと考えてるとは思ってないよ。でも俺がそう言えちゃう失言をしちゃダメでしょ」

「悪い」

これはどう考えても、晃平の落ち度だ。狼狽していたから、というおぞましい言い訳を使う気も起きないほど。

事実、彗はその優れた容姿ゆえ、今までうんざりするほど被害に遭ってきた。玩具店の監禁騒動の後、個人商店には入れないほどのトラウマを植え付けられ、今でも就職するたびに周囲が騒ぎを起こすせいで、彗が転職する羽目になっている。

彗に直接害を加える連中は一握りだとしても、その他大勢も彗に対して多かれ少なかれ、興味を抱く。

そうした視線に晒され続けることは想像を絶するストレスだ。彗が騒動を楽しむような厄介な振る舞いを身につけたのも、そうしなければとても受け止めきれなかったからなのかもしれない。他人の欲望というのはそれだけ毒性をはらんでいる。

「俺は」

彗の声音がわずかに変わった。理由も分からず、晃平は反射的にぎくりとする。

静かに、穏やかに、彗はほぼ牛乳になったカフェオレをすすり、苦笑したようだった。

「なんで俺が、って考えたことはないんだよね。俺にとって『それ』は当たり前の不運で……傘を持たないで外出した時に雨が降るとか、一限の授業に間に合うように早起きして大学に行ったら休講だったとか、そういうのと同じっていうか。毎日傘を持ち歩けば濡れずにすむとか、大学の隣に引っ越せば、一限が休講でもすぐ帰れるとか、まあ色々対策は練れるけど」

「そんなの、ありとあらゆることに対策するのは不可能だろ」

「そうなんだよねえ。持ち歩いた傘を盗まれるかもしれないし、大学の隣に引っ越したせいで毎日先輩が押しかけてくるかもしれないし。結局、何をしたところで、予期しないところから飛び出してきた車に轢かれたりもする。……だから俺は『何で俺が』とは考えないし、『こうしておけば』って悔やむのもほどほどにしてるんだ。誰だって結局、起きたことに対処するしかないんだしね」

「……達観してるな」

「それが一番ストレス溜まらないよ」

真理を得た学者のように厳かに宣言しつつ、彗は大きく伸びをした。

「ただまあ、今回はすでに事態が動いたわけだし？　俺は剝製になった晃平を部屋に飾る趣味はないし、この薄いカフェオレを飲めなくなるのも嫌なので、それなりに対策を練ってあげるよ」

「薄いのはお前が自分で牛乳を入れまくったせいじゃないか」

「細かいなあ。この、薄くて、ぬるいカフェオレを飲めなくなるのも嫌なので」

「一階に喫茶店があるのに入れないもんな、お前」

「は？　口喧嘩で俺に勝つ気？」

無謀、と小憎らしくせせら笑う彗に、晃平は軽く両手を肩の高さまであげた。降参、の意思表示だ。舌戦で彗に勝てたためしはないし、これからも勝てる気がしない。

「ねえ、この件が片付いたらやっぱり一度、左近市に帰ろうよ」

唐突に彗が言った。

「晃平の両親の墓前にぱーっと報告してさ。家もまだ残ってるんだし、少しゆっくりすればいいじゃない」

「……それもいいかもな」

「そうだよ。何なら、また向こうで暮らしてもいいし。こっちだってろくな仕事はないんだから、引っ越したって同じでしょ。そこでカフェ開きなよ」

「お前が通いたいだけだろ」

呆れたため息を一つつき、晃平は意識を切り替えた。

「胸を張って帰るためにも、今はこっちだ。アマリアさんの店に人形劇のフライヤーを置き、亡くなった猫を剥製にすることを勧めた奴がいる。峰さんに半年ごとに電話をかけ、人形劇の上演許可をもらっていた『若い男』がいる。俺のところにスマホ捜索の依頼をするよう、秋月さんに指示した奴がいる。……全部つながってるんだよな」

「そう考えるのが自然だね」

それが剥製魔本人なのか、彗の言っていた「共犯者」なのかは分からない。

いずれにしてもその脅威は善良な彼女たちの周囲をうろつき、自らの計画に引きずり込んでいった。消耗品を捨てるような冷酷さで。

「剥製魔は、剥製にする人以外も平気で殺す。……今までもそうだったと思うか？」

「この一年半で起きたこの街の不審死を調べてみないことには断言できないけど、多分そんなことはなかったはずだよ」

彗が言う。

「剥製魔が狡猾（こうかつ）で用心深くて慎重な性格をしているのは間違いないしね。そんなにバンバン、無関係の人間を殺すとは思えない」

「じゃあなんでここに来て増えた？」

「終わりが見えてきたから、かな」

「終わりか……」

曖昧だが、妙に説得力のある仮説だった。

剝製魔の起こした一連の事件は「終わり」を迎えようとしている。キャトル事件を題材にした人形劇で被害者を呼び寄せ、ついにその遺族に狙いを定めたのだ。

晃平を手に入れれば、彼の目的は完了する。……なぜ。何のために。

「それは剝製魔を捕まえれば分かるでしょ。あー……それはそれとして、ちょっと気になったんだけどさ」

ふと彗の声音が変わった。急に話が飛び、晃平は目をしばたたく。

「峰信子の家って二階があるよね」

「は？」

「いや、例のミラーハウス。俺も一応外から見てみたけど、二階部分に窓もあったしね。外階段はなかったけど、晃平が中に入った時、階段はあった？」

「いや、エントランスにはなかった」

ミラーハウスの話題が出た時、鯉沼たち警察からも二階に関する話はなかった。峰のアパートに行った時、彼女の話にも出てこなかった。ならばその「部屋」は家をミラーハウスに改造した時、封印されたと考えられる。

「ちょっと気になるよね」

「勘か」

「いや、これはさすがに確信」

彗がにんまりと笑った。あまりいい笑みではない。騒動を楽しむ厄介な気質がゆらりと立ちのぼり、空気に混ざり合うように。

「明々後日(しあさって)の日曜なら俺も付き合える。鯉沼刑事も誘って、上ってみようよ。きっと色々残っているはずだよ」

【遺族の記憶】

テーブルに花を飾った。

しっとりと濡れた香りが漂ってきて、とても幸せな気持ちになる。

ユリの香りが一番好きだ。甘くて、強くて、身体の中まで香りで満たされる。

花言葉は「純粋」「祝福」「無垢(むく)」……。

学生時代、まーくんが私にぴったりだと言ってプレゼントしてくれた。

さすがはまーくん。いつでも私のことを一番分かってくれるし、私のしてほしいことを何でもしてくれる。

ホテルまで配達してもらった時、おまけでもらったユリの香りのアロマも焚く。これはいい。殺風景なホテルの一室をつかの間、自宅のような華やかさで彩ってくれる。

「楽しみ」

自然と口元に笑みが浮かぶ。

まーくんが帰ってくる、なんて思い込んでいるわけではない。私はきちんと正常だ。

まーくんが死んでしまったことも、とんでもない犯罪に巻き込まれたことも分かっている。

　まーくんは剝製にされてしまって、そのまーくんは警察が連れて行ってしまって、多分私のもとには戻ってこない。

　取り返したいのかと誰かに聞かれたら少し困ってしまう。

　剝製のまーくんは私に話しかけてはくれない。私を抱きしめてはくれない。

　それなら私は、動いているまーくんのほうがよっぽどいい。

　動物園に行った時、振り返って「瑠華、キリンだよ」と笑った顔。

　流行のカフェでパンケーキを頼んで、一口差し出してくれる顔。

　庭で慣れない日曜大工に四苦八苦しながら、私に気づいて照れ笑いをした顔。

　まーくんはスマホの中で動いて喋って笑っている。スマホの中で生きている。

　そのまーくんが帰ってきてくれるなら、私はなんだってしてみせる。

　そんな私を非難する人はきっと、誰かを心から愛したことがないのだ。人の目ばかりを気にして、自分が世間からどう見られるかを気にしている。

　恥ずかしくて、滑稽な人たち。

　私は違う。私は愛する人のために、何でもできる。

「やっと会える」

　私が頑張ったからだ。

　私がちゃんと言うとおりにしたから、返してくれると連絡があった。

これは全て、私の愛を証明するための試練だった。

私はこの先再婚なんてしないし、まーくんだけを慕い続ける。その姿を見て、私を罵っていた人たちは自分の過ちに気づくだろう。思い込みで私を叩いたことを恥じ、許してほしいと泣きついてくるに違いない。

その時は、ちゃんと許してあげる。

この愛を映画にしたり、小説にしたいと言ってくる人たちがいるかもしれない。もし取材を申し込まれたら、私は快くインタビューに応じようと思う。私がどれだけまーくんを愛し、支えてきたのかを全世界が知るだろう。

そして公開された映画を観た人たちはきっと私を……。

——ポーン。

「……?」

その時、ドアのチャイムが鳴った。

誰だろうと振り返ろうとしたところで、異変に気づく。

私はなぜかテーブルに突っ伏している。

身体に力が入らない。目をこじ開けようとしたが、ぐにゃりと視界がゆがんでしまって無理だった。意識ははっきりしているのに、指一本動かせない。おまけに無性に気持ちが悪い。何か変なものを食べた覚えはないのに。

焦った時、再びチャイムが鳴った。

——カチャリ。……キィ。

そして誰かが入ってくる音。

嘘でしょう、と混乱した。

ここはホテルの一室だ。強盗が押し入ってくるはずがないし、ホテルの人も不審者を通すはずがない。キーカードはきちんと指定のカードリーダーに差し込んでいるし、この部屋は安全なのに。

……本当に？

ふと不安が膨れ上がる。

ドアを施錠した部屋に入る方法などいくらでもある。現に、まーくんが一人暮らしをしていた時はよく窓の鍵を閉め忘れていたし、平気で鍵の入ったバッグをその辺に置いていた。

ホテルだって、絶対に本人以外に開けられない、ということはないはずだ。カードリーダーにクレジットカードなどを挟んで、キーカードは机の上に置いたまま部屋を出たため、ロックされてしまった友人はいたし、独自開発しているアプリを事前に読み込むことで、キーカードなしでドアを開閉できるホテルの話も聞いたことがある。

侵入はできる。誰でも。

他人がそれをしないのは「犯罪行為だから」という共通認識があるからだ。でもそれは、犯罪だと知った上で実行する人にとっては、何の抑止力にもならない。

(――アレが、きたの?)

私から大切なものと人を奪った怪物が。

今度は私のところに来たのだろうか。

冗談じゃないともがいても動けない。絶対に嫌と叫ぼうとしても動けない。

こんなのうそ、うそ、うそ。

わたしはこれから。

せかいにむかって、あいを。

わたしの、あいをしょうめいし――。

【 8 】

　峰宅が燃えた、と晃平が連絡を受けたのは人形劇を来週に控える十月十六日の日曜日だった。住宅地で深夜に起きた火災だ。下手をすれば大惨事になっただろうが、幸運にも被害者は出なかったという。

　休日の夜ということもあり、まだ起きている住人が近所にいたこと。家が広い道路に面しているため、消火活動がしやすかったことなどが理由のようだ。

　それでも峰のミラーハウスは二階が激しく燃え、屋根が崩れ落ちた。

　朝、晃平は鯉沼からその連絡を受けた。急いで向かい、その惨状に言葉を失う。

　息ができないほどの異臭が漂っている。肺の中が真っ黒になるほど煤を含んだ煙の臭いと、様々なものが燃えた臭い。家屋の死骸が燃えると、こういう臭いがするのかとどこか現実感を欠いた思いが胸に去来する。

　消火活動の結果か、家屋の周りは水浸しだ。二階の窓は全て割れ、壁は半分ほどが炭化している。外から見る限り、一階部分の損傷は少ないようだ。

「明らかに二階から火が出たな」

　苦々しく鯉沼が言った。

「まだ火元は分かってねえ。電気は通ってたからな。埃に引火したと考えることもできるが……」

「ほぼ全焼するというのは不自然ですね」

「ああ、誰かがガソリンでもまいて火を付けたって考えるほうが自然だろうよ。例のオカルトショップと同じ手口だ」

ほぼ間を開けず、二件の火事が起きたのだ。鯉沼はもう不審火による火災とは考えていない。

「二階で焼け残ったものはなんでしたか？」

「まだ検分中だが、どこにでもある家具だけだ。黒焦げのバスタブやら洗濯機やら、ベッドの破片やら。……近所に聞き込みをしたところ、昔は峰信子が夫や娘……三ツ瀬薫だな。彼女も合わせ、親子三人で暮らしていたようだし、二階は三ツ瀬薫の自室だったのかもしれん」

「それが全て燃えてしまったんですね」

「ま、詳しい捜査はこれから行う。来週の人形劇が開催されねえのが厄介だが……」

「そうですね」

人形劇が開催されないだろうことは、晃平には予想できていた。剝製魔が次のターゲットに晃平を選んだ時点で、もう他の剝製の「素体」を物色する必要はなくなるためだ。

だがそれらの考えを晃平は飲み込んだ。鯉沼は予想もしていないようだ。

（前に、家まで送ってもらったけど）

彗は鯉沼たちに、そこまで詳しい話をしなかったのだろう。物騒な状況だから送ってくれ、と言うだけで、人のいい鯉沼は了承したはずだ。

「鯉沼さん、栗原さんは？」

「その辺にいるはずだが……まさかまたいねえのか」

キョロキョロと辺りを見回し、鯉沼が渋面を作った。せわしなく辺りを行き来する警察関係者の中に、栗原の姿はない。

……だろうな、と心の中で思った。これは十分、予期していたことだ。

「栗原さんの電話番号は変わっていないですよね？」

「あ？　ああ、以前教えたとおりだが……」

何かあるのか、と尋ねた鯉沼に、晃平は静かに頷いた。

「迷宮について、話をしようと思います」

時間はあっという間にすぎ、翌日になった。

前日である程度現場検証は終わったのか、早朝には捜査員の姿もない。焦げ臭い臭いは漂うものの、ブルーシートなどがかけられているわけでもない。一階部分だけを見れば、悪趣味ともいえるテーマパーク感は健在だ。むしろ一階が非現実じみているため、黒焦げの二階部分ももともとそういう装飾だったかのように見えてくる。

……誰かが屋内を荒らしたなら取り壊すつもりだった、と生前、峰は言っていた。彼女が望んでいた状況が今になって実現するとは。

周囲はつかの間、落ち着きを取り戻していた。

早朝の風が焦げ臭さを少しでも散らそうと画策する中、派手な装飾を施された扉に手をかける。その時、背後から声がかかった。

「ああ、探偵くん！」

栗原だ。これまで同様の猫背だが、この日の彼は屈託のない笑顔で駆けてくる。

警戒心も威圧感も全くない。

緊張している自分のほうが場違いに思えて、晃平はぎこちなく微笑んだ。

「おはようございます、早いですね」

「連絡をもらって、待ちきれなくて」

「鯉沼さんは？」

「普通に仕事じゃないですか？　俺、今日は熱が出て病欠なので」

「彗といい、栗原さんといい……」

有給休暇は労働者に認められた真っ当な権利だが、こうも気軽に仮病を使ったと言われると、聞かされたほうは複雑だ。上司でも同僚でもないが、呆れてしまう。

手元の時計は七時半を回っていた。栗原に伝えた待ち合わせ時間は八時。少し早いが、行動に移ってもいいだろう。

「中で話しませんか。危険なようでしたら、喫茶店かどこかに場所を移してもいいですが……」

「大丈夫。昨日、うちのほうで確かめたところ、一階部分は大きな損傷もありませんでした。崩落の危険もないそうです」

ためらうことなく、栗原は峰の家の扉を開けた。前回同様、鍵はかかっていない。

栗原の言うとおり、峰宅のエントランスはすすけた焦げ臭さが漂うものの、燃え落ちている箇所はなかった。薄暗い中、トリックアートのようなダイヤ柄の壁や床が広がっている。

晃平はその奥の内扉を押し開けた。

内部は想像した以上に本格的な鏡の迷宮だった。壁を取り払った広々とした空間に高さが二メートル以上もある鏡が多数、配置されている。鏡には晃平と栗原の虚像が映っており、角度によって横を向いていたり、斜めを向いていたりする。そのせいで、まるで精巧に複製された自分のクローンが大量に放置されているような錯覚に陥った。

邸宅分の広さしかないはずなのに、まるで鏡の迷宮に飲み込まれていくようだ。

壁際のスイッチを入れても灯はつかず、晃平は諦めて薄暗いミラーハウスに足を踏み入れた。

「峰さんが数年間、ここで生活していたなんて信じられません」

一つ角を曲がっただけで、自分の歩いてきた道も分からなくなる。背後を振り向くと、同じように振り向いた自分と目が合った。晃平と同じように、鏡に映る自分もまた引き返したいと言いたげな顔をしている。

虚像の自分にとっては、晃平が今から向かう先が「来た道」なのだろうか。迷宮の奥に住み、そこへ戻りたがっているのだろうか。

「……は」

めまいを振り払うように首を振る。覚悟して足を踏み入れたはずなのに、じっとりと背中に汗が流れ、脈が速くなっていた。

「探偵くん、どうしました？」

栗原が尋ねた。心配しているというよりは、興味津々といった様子だ。額に浮いた汗を拭い、晃平はぎこちなく笑みを作った。

「大丈夫です。栗原さんは平気そうですね」

「ええ、俺、何かを怖く思う気持ちがあまりなくて」

栗原はのんびりとした様子でミラーハウスを見回した。

「暗い場所も狭い場所も高い場所も平気だし、大事な試験や、壇上でスピーチする時に緊張したりもしないです。だからずっと退屈で」

栗原は晃平を追い越し、先を歩いた。迷路の正解が分かっているわけではないようで、何度も鏡にぶつかりそうになったり、躓（つまず）いたりしている。

「そういう気持ちが知りたくてホラー映画などに触れたりもしたんですが、やっぱりアレは作り物ですしね。そんな時にキャトル事件が起きたので」

「……ゾクゾクした、と」

「ええ、あの二年間は毎日ニュースに釘付（くぎづ）けでしたよ。高校の夏休みは一人で左近市にも行きました。まあ、キャトルを見つけるどころか被害者遺族にも会えませんでしたが」

「まさか訪ねたんですか⁉」

「追い返されましたけどね。あの時はちょうど五番目だか六番目だかの事件が起きた時で、話を聞こうにも殴られそうになって……。周りの人にも『帰れ！』って怒鳴られるし」

「それは、当然かと」

「それ以前の被害者遺族はもう引っ越してしまって、会えませんでしたし、踏んだり蹴ったりでしたよ」

栗原はもっとも厄介な野次馬の一人だ、と晃平はめまいを覚えた。

興味本位で近づいてくる連中がどれだけ遺族の胸を騒がせるのか、晃平は身をもって知っている。一人一人の顔など覚えていないが、全員が栗原のような顔をしていた気がする。好奇心旺盛で、少年のように目を輝かせていた。

「探偵くんの時も見に行ったんですよ。でも確か海外に行ったんですね。そっちに知り合いがいるからって」

「……そういう話にしてもらったんです」

「え、どういうこと」

「一気にいろんな人が集まってきて、とても普通の生活は送れなくて……でも警察の取り調べもあったので、すぐに地元を離れることもできなくて。幼馴染みの家に厄介になっていました」

「あ、それって」

「彗です。あいつの父は刑事なので」

故郷の左近市で、晃平と彗は兄弟同然に育った。晃平の父が探偵業を営み、彗の父が刑事だったことがどこまで関係していたのか分からない。ただ固く信頼し合った父親同士のタッグは故郷でも名の知れた存在で、いくつもの難事件を解決していた。治安が悪いわけでもないのどかな街なので、難事件と言ってもたかが知れていただろうが。

被害者遺族として世間に傷つけられ、振り回された晃平が警察を憎まなかったのは彗の両親の存在が大きい。彼らは身を挺して晃平を守り、活力が溜まるのを待ってくれた。

事件発覚から中学卒業までの約一年半のことを、晃平はほとんど何も覚えていない。登校はせず、彗の家の奥でジッとしていた記憶が断片的にあるだけだ。

一年半が過ぎ、ようやく自我を取り戻した後、彗の両親は晃平の名字を変え、他県に逃がしてくれた。そこで過去を隠しながら高校と大学を卒業し、晃平は今、この街で生きている。

「この街に来たのは偶然でした。……いえ、峰さんが彗の父親を通して俺に渡してくれた造花のことが頭に残っていたんだと思います。彼から、昔ながらの落ち着いた街だと教えてもらったので」

「ああ、そういうことだったんですね。なんでこの街に何人もキャトル事件の被害者遺族がいるのか、不思議だったんです」

「……………」

栗原の言葉には直接答えず、晃平は正面の鏡に手を伸ばした。グッと押してみたが、動かない。当たり前だが、事故を防止するためにしっかり固定されているらしい。

「繰り返しますが、俺が来たのは偶然だったんです。ただ自分でも気づかないうちに、峰さんを追ってきた形になったので、花渕町には二人のキャトル事件の被害者遺族がいることになりますね。俺たちはここで、誰にも気づかれないまま、静かに生きていけたら、それでよかった」

だがこの街で剝製魔事件が起きた。キャトル事件以来の凶悪事件だと連日、騒がれるようになった。

「一年前、一人目の犠牲者が報道された時、俺が真っ先に考えたのは『近づかないようにしよう』でした。自分が探偵として優秀じゃないことは分かっていましたし、できもしない調査に乗り出して、報道関係者や動画配信者のカメラに映ってしまったら、誰かが俺に気づくかもしれない。そうしたらキャトル事件の被害者遺族として、また私生活を荒らされるかも……そんな不安が真っ先に思い浮かびました」

だから身をひそめた。事件の報道も見なかった。自分から進んで関わろうとしない限り、誰かが晃平を頼ってくることもなかった。

「でも探偵くんは秋月瑠華が事務所に来た時、依頼を受けたんですよね。静かに暮らしたかったのに、なぜ？」

「……多分代償行為だったんだと思います。自分のことなのに『多分』と付けてしまうくらい自信はないんですが」

「代償行為？」

「俺は左近市には帰れません。さすがに故郷となると、俺を覚えている人がまだいるでしょうから。両親の位牌を持ってくるのが精一杯で、両親と暮らした家の管理も彗の両親に任せたままです」

「なるほど」

「秋月さんの依頼を聞いた時、力になりたいと思ったんです。彼女のスマホを見つけられたら、自分も大切なものを取り戻した気分になれる気がして。……その気持ちは、彼女の本当の目的を知っても変わりません。むしろ強くなったほどです」

「どういうことです？」

瑠華はスマホを取り戻すため、見ず知らずの晃平を事件に巻き込むことを厭わなかった。それほど強い覚悟で、夫の面影を求めた。その考えを尊重し、行動することで、晃平は自分も「ひたむきに欲しいものを求める感情」を味わえたのだ。

「いつか帰りたいと思います。両親と一緒に暮らした家で、穏やかに暮らしていけたらと」

「いいと思います、頑張ってください」

栗原の声は軽く、興味ない様子がありありと伝わってきた。

刑事として、ではなく、人としてあまりにも難のある性格だ。己の欲望に忠実で、他人の痛みに鈍感。誰にも共感せず、自分の行動が誰かを傷つけても気にならない。

そんな彼でも刑事として日常生活を送り、鯉沼たちとコミュニケーションを取れている。一見まともに見える分、信用して、手ひどく裏切られた者もいたかもしれない。

「ここが部屋の真ん中ですね」

不意に迷宮が終わった。

ゴールではなく。部屋の中央部に作られた広間だ。

二十畳ほどの空間で、中央に向けて鏡がぐるりと設置され、あちこちにクッションが置いてある。

広間の天井が一部、真っ黒に焼け焦げて崩落していた。床には釣り天井らしき焦げた残骸が小さな山を作り、天井に空いた穴から太陽光が差し込んでいた。その先に二階部分が広がっていたのだろう。

「吊り階段で二階に上がれる仕組みになっていたとは知りませんでした」

「たしかにたしかに。まあ、それは後でいいので」

栗原は無邪気に晃平を急かした。

「キャトルの犯行計画書、やっぱり探偵くんが持っていたんですよね。やっと見せてくれるっていうから、今日が待ちきれなかったんですよ」

「…………」

そうだ。そういう話で、晃平はこの日、栗原を呼び出した。明らかに怪しい連絡だ。栗原も疑っただろうが、それでも誘惑には勝てなかったに違いない。それほどキャトルの犯行計画書という存在は彼にとって魅力的だったのだ。

「……以前、栗原さんは言ってましたよね。キャトルの捜査資料が見たくて警察に入ったのに、管轄外だから見せてもらえなかったって」

「……え？　ああ、はい」

「でも剝製魔事件が起きて、キャトル事件との関連が示唆されたため、閲覧が許可されたんですよね。つまり、剝製魔事件が起きたから資料が見られたと」

「それが？」

「また、峰さんはミラーハウスを貸している人形劇の主宰者を『声』でしか知りませんでした。特徴のない、若い男性だったとのことでしたよね。あなたが配慮のない話で追い詰めたため、それ以上詳しい話は何も聞けなくなってしまいましたが」

「………………」

栗原は気まずそうに視線を泳がせた。ごくわずかな変化でしかなかったが。

「ここの火事もそうです。『ミラーハウスには二階があった』という話を彗から聞き、俺は鯉沼さんに連絡しました。それは当然、あなたにも共有されたでしょう。そして捜査する前日に火事が起き、全てが燃えたんです」

「あー……すみません、何が言いたいのかよく分からないんですが……。そもそもここの二階って？　このミラーハウスは峰信子が退去してから無人だったという話ですが、何かあったんですか？」

「作業場です」

「……なんの」

「当然、剝製作りの」

黙りこくった栗原を一瞥し、晃平は天井を見上げた。

焼け跡から見つかったのはごく普通の生活用品の類だったという。バスタブや机、棚など。

だがそれらは別の用途でも使えたはずだ。

バスタブで遺体の血液や体液を処理し、机で筋肉や骨の除去を行う。薬品を使用して皮をなめし、防腐処理を施した後は芯材で骨格を作り、肉付けした後で再び皮を被せて剝製を作り上げる。

その過程で血肉の破片が壁や床に飛び散ったとしても、全て焼いてしまえば証拠は消える。作業に使った薬剤や専用器具などさえ回収すれば、ミラーハウスの二階が剝製魔の拠点になっていたという証拠は消えてなくなる。

「まあ、全てブラフなんですが」

「えっ？」

「十六日の日曜日に、ミラーハウスの二階を調査しよう、と俺は鯉沼さんに伝えました。土曜日の深夜に二階は焼かれてしまいましたが……実際はその土曜日に捜査をお願いしていたんですよ」

「……え、え、なんですか、それ。俺は一言もそんなの聞いてない」

「あなたには黙ってもらっていたので。……栗原さんに話してしまうと、剝製魔に筒抜けですから」

「…………」

初めて栗原の顔色が変わった。数々の指摘をした時ですら落ち着いていたのに。

だがそれは当然のことなのかもしれない。栗原は剝製魔ではない。……だからこそ、怪しいと疑われても動揺を抑えられたのだ。

「最初はあなたが剝製魔なのかと疑いました。……ですが、失礼ですが、栗原さんには無理だ。剝製一体を作るために、剝製魔は半年かけます。その根気強さは栗原さんにはないですよね」

「…………」

「欲望を隠す理性も、一切の証拠を残さない緻密さも。……ただ、それでいて剝製魔は時折、理解できないほど大胆な行動を取っているのが気になっていたんです。秋月さんがウォーキングに出かけた三十分の間に、庭に雅也さんの剝製を置くとか、他人の家の二階を剝製作りの工房として使うとか」

「まあ……それは」

「ワイルドカード級の『協力者』がいたんでしょう。ならばそれは本件の捜査状況を把握している刑事に他ならない。それが栗原さん、あなたです。普通なら刑事が犯罪者に協力するなんてことはありえませんが、栗原さんは明らかに異様でしたから」

「異様って」

「犯罪に惹かれすぎている。あと先ほど、閉所にも暗所にも高所にも恐怖を感じないと自慢げに言っていましたが、そういうのは普通、中学を卒業する頃には落ち着くんじゃないでしょうか」

「……っ」

カアッと栗原が頰を赤くした。

それほど指摘されたくないことだったのだろう。「人と違うこと」に憧れつつ、平凡だと言われることは。

被害者に共感せず、恐怖をあまり感じず、東北の片隅で凄惨な事件に憧れるだけの少年がそのまま大人になった姿……それが栗原だ。

「ただ一つ、疑問もありました。なぜ栗原さんが全国の優秀などの警察官よりも先に、剝製魔に接触できたのか……。でもこれは前提からして間違っていたんです。あなたは剝製魔と接触したのではない。栗原さんと会った人が剝製魔になったんです」

「………」

「剝製魔はキャトル事件の被害者遺族、ですね」

どんなことがきっかけになったのかは分からない。何が原因で、被害者であるはずの遺族が加害者として凶悪犯罪を犯すようになったのか、いくら考えても晃平には分からないままだ。

ただ剝製魔事件の被害者を物色するため、キャトル事件を題材にした人形劇を上演したことも、上演場所に同じ被害者遺族である峰の家を選んだことも、そして晃平に狙いを定めたことも、おそらく全てはつながっている。

「ひっそりと生きていた被害者遺族の前にある日、あなたが現れる。俺にしたように、キャトルの犯行計画書のありかを問いただしたり、キャトルに対する熱い思いの丈をぶちまける。……そうされた遺族の心の中で、何かがはっきり変わったのだとしたら」

おそらく歯止めは利かなかっただろう。

「あなたは剝製魔に手を貸した。警察の情報を流し、犯行を重ね、被害者を増やす手伝いをした。全ては、キャトル事件の捜査資料を見るために。でも、結局あなたは何も手に入れられていないですよね。キャトル事件の真相も……剝製魔が作った人形劇、『キャトルの迷宮』の内容でさえも」

剝製魔にどれだけ協力しようと、剝製魔は栗原を信用しなかった。人形劇すらも、彼には披露しなかった。

捜査の情報を吸い上げられるばかりで、栗原はずっと蚊帳の外だった。鯉沼たち仲間を裏切り、剝製魔からも信用されず……。

自分の欲に忠実に動いた結果、周りに誰もいなくなった哀れな存在だ。

「自首してください、栗原さん。あなたもまた危険な状態にいるんです」

「俺も殺されるって？」

「剝製魔は剝製にする人だけを殺すわけじゃない。……分かっているでしょう」

峰の死は栗原の失言が原因だが、アマリアは違う。彼女ははっきりとした殺意を向けられ、その命を奪われた。

ふー、と栗原は長く息を吐いた。そわそわと歩き回り、不意に立ち止まって天井を見上げる。焼け落ちた天井と、その奥に見える青空を。

栗原の顔にうっすらと自嘲するような笑みが浮かんだ。

「キャトルの犯行計画書はないんですね」

「存在しません」

「チョコ……」

「……？」

「最初は、珍しいチョコ、知っててすごいって……褒めてもらいたかっただけだったんですけどねえ……」

まだ見つかっていないキャトルの犯行計画書を入手したなんてすごい。こんなに有能な後輩だったなんてすごい、と。

栗原が褒めてもらいたかったのが誰なのか。何のために行動を起こしたのか。

分かる気はしたが、晃平は何も言わなかった。

彼が凶悪犯罪に憧れたことも、不用意な発言を繰り返してきたことも、犯罪に加担したことも言い逃れできない事実だ。その結果、罪のない人がどれだけ犠牲になったことか。

「栗原さんはもうあなたに協力しないでしょう」

うなだれる栗原から離れ、晃平はぐるりと周囲を見回した。鏡に囲まれているため、映っているのは自分と栗原だけだ。

それでも確証があった。

「ここの二階はすでに捜査員が調べました。いずれ全てが明るみに出ます。そもそも捜査線上に名前が挙がった時点で逃げられない。……分かってますよね、正道さん」

「そうだね」

鏡に囲まれた広間にその時、第三者の声がした。穏やかで軽やかで、温かな声。
くるりと鏡の一つが回転し、奥から重倉が現れた。

まるで舞台役者のようだと晃平は思った。

劇場型と呼ばれる殺人を繰り返す犯人として、これほどぴったりな登場の仕方もないと思うほどに。

【 9 】

「そこの鏡、回転するようになってたんですね」

「一つだけ改造しておいたんだ。自由に出入りする必要があったしね」

重倉はいつものようににこやかだった。爽やかな花の匂いがする。まるでここが「フラワーシゲクラ」の店内になったようで、晃平はめまいを覚えた。

彼はいつも、客の要望にあわせて丁寧に花束を作ってくれた。フラワーアレンジメントを学び、プリザーブドフラワーなどの華やかな商品を扱い、常連客にはハーブティーを振る舞った。彼は誠実にして熱心な努力で、小さな生花店を街の住人たちにとって大切な居場所に育て上げた。

「鯉沼さんに頼んで調べてもらったところ、『フラワーシゲクラ』を二年前まで経営していた老夫婦は地方に住む息子と同居するため、店をたたもうとしたそうです。ただそこで息子さんは懇意にしていたメーカーの営業マンが脱サラしようとしている話を聞き、生花店の経営権を譲ったとか」

こういう話も、すぐに調べられるのだ。重倉が怪しい、と疑いを持った時点で。

「うまくこの街に溶け込むためには、元々あった店の関係者になりすますのが一番だ。正道さんはそれを知っていて、生花店に目を付けたんですね」

そして二年前、何食わぬ顔で近森探偵事務所の扉を叩いた。代替わりの挨拶という名目で、晃平と顔見知りになるために。

感謝していた。信じていた。知り合いもいなかったこの街で、誰よりも重倉のことを。兄のような存在だと慕っていたのに。

「俺が秋月さんの調査を受けて、最初に向かった店が『フラワーシゲクラ』でした。あれは無意味なことではなく、これを仕込むためだったんですね」

晃平はポケットから針金に似た細い棒を取り出した。

「盗聴器。……作ってもらった花束に仕込まれていました。正確には、ドライアンドラの茎に差し込まれていたんです」

ドライフラワーのようにかさついた葉と花を持つ秋の花だ。異物が差し込まれた花は他の生花よりも先に枯れるが、最初からそうした見た目をしていたため、気づかなかった。

「小型ですし、充電は二、三日で切れていました。ただ正道さんにとっては、最初の一日だけ起動していればよかったんでしょう。……予定通りにことが進んでいたら、俺は正道さんの店を出た後、魚屋さんと酒屋さんに行ったはず。計画通りに俺が動いていることを確かめられたでしょうから」

「盗聴器、よく気づけたね」

「誰が怪しいか、が分かったら、その人からもらったものを調べるのは当然です。……それに電化製品の類には少し詳しいんですよ。昔、バイトしていたことがあるので」

まさかその経験がここで活きるとは思わなかったが。

「この花束を持ちながら、俺と彗は正道さんの店を出て、アマリアさんの店に行った。……正道さんには、予想外の行動だったんじゃないですか。そこで俺たちが『キャトルの迷宮』の人形劇のフライヤーを見つけたことを知ったあなたは焦ったはずだ。アマリアさんの口から、フライヤーを置いた人物の話をされてしまえば、一気に捜査の手が自分に及んでしまう。……だから『摩訶堂』に火を付けたんですね。アマリアさんはあんなに正道さんや俺を大切にしてくれたのに……！」

「そうだね。とてもいい人だった」

「秋月さんのこともそうです。半年前に雅也さんから回収していたスマホをちらつかせ、あなたは秋月さんを都合のいい操り人形に仕立て上げましたよね。ただし彗がそれも見抜いたため、秋月さんも始末しようとした……。鯉沼さんがホテルに向かったところ、いくらノックしても応えがなく……ホテル側に鍵を開けてもらったら、昏睡状態の秋月さんがテーブルに突っ伏していたそうです。毒性の強いアロマが焚かれていて、あと少し発見が遅れたら命も危なかった、と」

鯉沼から受けた連絡によると、ユリのアロマオイルから猛毒で知られる夾竹桃の成分が検出されたそうだ。夾竹桃は根や枝、花や実に至るまで、全てに毒が含まれる。四肢の脱力や倦怠感、めまいを引き起こし、最悪の場合は死に至る。燃やすときつい匂いを放つが、ユリの芳香でカモフラージュされていた。

犯人は人形劇を開催する時も、こうしたアロマを焚いて参加者全員を昏倒させ、被害者だけを運び出していた可能性が高い。生花店を営む重倉ならば、誰に怪しまれることもなく、毒花を入手することが可能だろう。

「秋月さんは夾竹桃に苦しみ、踏み込んできた鯉沼さんを犯人だと勘違いしたようです。ひどく怯え、錯乱していたと聞きました」

「痛ましいね」

「どの口でそんなことを……！」

カッとなりかけたが、すんでの所で晃平は自分を抑えた。まともに重倉と議論しようとしてはいけない。彼のペースに飲まれれば、自分は簡単に取り込まれる。

重倉の声にはそれだけの力があるのだ。穏やかで親しげで、会った瞬間、警戒心を解いてしまう。

誰にでも愛される人だ。

十一年前、心ない犯罪者に運命をねじ曲げられずにいたら、彼は周囲の人々を幸せにしつつ、自分もまた幸福に生きていっただろうに。

「……話を、十一年前に戻していいですか」

「どうぞ?」

「キャトル事件は京間の死で終わりを迎えました。京間が自身の犯罪について何も語らず、計画書の類を何も残さなかったことで、分からないことだらけですが……人々は少ない状況証拠を集め、想像することしかできません。犯人はどうやって被害者を選別したのか、なぜ遺体から内臓を抜いたのか、そしてなぜ遺体の手のひらに載せたのか」

晃平は両手を椀の形にし、重倉に見せた。

この光景を晃平は生涯忘れられない。両親の遺体が取らされていたポーズだ。

「被害者を調べても、共通点は何も出てきませんでした。左近市周辺で起きていることだけは確かですが、被害者は年齢も性別も職業もバラバラで、全員が同じ施設に通っていたという履歴もなかった」

「そうだね」

「でも、その捜査の輪をもう少し広げたら分かったはずなんです。被害者の家族や恋人などの近しい人の中に、病気の人がいたってことが」

「えっ?」

声を上げたのは栗原だった。自分の罪を指摘されて大人しくなっていた彼でも無視できなかったようだ。

……当然だ。これはどこにも公開されていない情報で、報道関係者も摑んでいない。無粋に騒ぎ立てる彼らに嫌気が差し、被害者遺族が左近市から遠ざかったことが理由の一つ。そして単純に、病気とは誰でもかかるものだ。被害者の関係者が通院や入院をしていたとしても、特に不思議なことではない。

「全員ではないですが。……峰信子さんは肺を患っていました。その娘の三ツ瀬薫さんは殺され、肺を抜き取られて手の上に載せられた状態で発見されました。同じように被害者の多くは、親しい人が内臓を患っていたんです」

「よく分かったね」

重倉が穏やかに頷いた。その口元はうっすらと微笑んでいる。晃平が自分と同じ結論に至ったことを喜ぶように。

「俺もそうだよ。十二年前だけれど、当時十六歳で左近総合病院に入院していた。狭心症が悪化して、いつ心筋梗塞になってもおかしくないと言われていてね。ほとんどベッドから起き上がれなくなっていて……当時五歳の弟はすごく心配して、毎日病院に来てくれた」

「早瀬素直くん、ですよね」

キャトル事件四番目の被害者となった彼の死は世間に大きなショックを与えた。

幼い少年が殺害され、心臓を抜き出されて手の上に載せた状態で公園に遺棄されたのだ。

世間の受けた衝撃は激しく、報道関係者の熱意は異様なほど膨れ上がった。この凶悪な犯人を野放しにしてはならない、と連日、大きなニュースになった。

その過程で連続猟奇殺人鬼のイメージ図が半人半牛の怪物として描かれ、無名の殺人鬼には「キャトル」の名が与えられた。

「十人の被害者のうち、多くは近しい関係者に通院歴のある人がいました。警察もそこまでは調べていましたが、それが動機に関係しているとは断言できなかったようです」

「例外がいたからね」

「九人目と十人目……俺の両親のように。俺は怪我も病気もせず、当時はサッカーの合宿に行っていました。俺のことは、ただの報復なのだろうと刑事さんたちは考えたようです」

自分に迫る目障りな探偵ゆえに、それまでのこだわりを捨てて始末したのだろうと。

ただその結果、事件現場で犯行に及んでいた京間は合宿から帰ってきた晃平と鉢合わせた。そして時を同じくして、踏み込んできた刑事によって現行犯逮捕されたのだ。

「俺を助けてくれたのは彗の父親です。何から何まで世話になってしまって、本当に感謝しかありません」

「そうだったんだね」

「最後だけ、驚くほどずさんではありますが、これがキャトル事件です。正道さんは弟さんが犠牲になった理由を考えて考えて……一つの結論に至ったんじゃないですか」

晃平の言葉に、重倉はふっと笑った。

(考えることは、危険だ)

特に猟奇殺人鬼の思考回路に迫ることは。

それでも重倉は考えることをやめられなかったのだろう。峰と同様に。

「弟は俺のために犠牲になったんだ」

「え、え、どういうこと」

栗原が声を上げたが、重倉は彼を無視した。

視線一つ投げられず、栗原は傷ついたように肩を落とした。

重倉は晃平だけを見ていた。もしかしたら彼は、こうして晃平と向かい合う瞬間のために今回の騒動を起こしたのかもしれない。

そんなことを晃平はふと考えた。

被害者遺族として語らうには、重倉は行ってはいけない方向に進んでしまった。その状況で晃平と会うには、こういう方法を採るしかなかったのかもしれない。

「なおから心臓を捧げられて、俺は生き延びることができた。手術が成功したんだ」

「弟さんの心臓を使うことはできなかったはずです」

重倉の弟、早瀬素直は心臓を取り出され、公園に放置されたのだ。外気に長時間触れた心臓が移植に使えるわけがない。

重倉は困ったように晃平を見た。察しの悪い生徒にどう説明すれば伝わるのか、悩むように。

「そうじゃない。そういうことじゃないんだよ。……弟のおかげなんだ。なおは俺を治すためにキャトルに頼んだ。キャトルはその願いを聞き届けた。だから俺は治ったんだ」

「正道さん！」

「治らないと言われていたのにね。命をかけた弟の愛が俺を生かしてくれた。キャトルはその助けをしてくれたんだ」

それは理論的とはほど遠い解釈だ。

弟が殺され、自分は病が癒えた。

重倉はそこに意味を見いだそうとしたのだ。

弟の死が無意味だったと思いたくなかったのかもしれない。弟が苦しみと恐怖の中で息絶えたと思いたくなかったのかもしれない。

残された彼は考えることしかできず、考えて考えて、とても都合のいい解釈をした。

自分自身の治癒力が病に打ち勝ったわけではない。自分が治ったのは弟の献身のおかげで……キャトルは慈愛と善意によって犯行を繰り返したのだと。

だから俺も彼に倣ったんだ、と重倉は微笑んだ。とても穏やかに、理知的に。

「剝製にした人たちの家族は皆、彼らの帰りを待っていた。ずっとそばにいてほしいと願っていた。だからずっと一緒にいられるようにする方法を考えたんだ」

「剝製は……そのための」

「うん、あれなら長持ちするだろう?」

プリザーブドフラワーのように、とそっと重倉は呟いた。

晃平は激しいめまいを覚えた。

(説得を)

できるならしたいと思っていた。自首を促し、司法の裁きを受けさせ、その結果がどうであろうとできる限り寄り添えたらと。

同じ痛みを共有できたはずだった。重倉がキャトル事件の被害者遺族だということをもっと早く知っていれば。

　だがそれはありえない願いだ。晃平も重倉も世間の注目を浴びすぎて、一刻も早く身を隠さなければもはや生活できなくなっていた。被害者遺族と連携を取ることなど夢のまた夢で、事件と関係があると知られることを恐れていた。

　自分には彗がいたが、おそらく重倉には誰もいなかったのだろう。だからこそキャトル事件について一人で考えつづけた結果、間違った道に進んでしまった。そしてもう、その道の先には何もない。

「キャトルの犯行計画書があれば、もう少しうまくやれたかもしれないけれどね」

「そんなものは存在しないんです。……そしてキャトルは神でも悪魔でもありません。人知を超えたことは何もできない、ただの犯罪者です」

「晃平くんが言うと説得力があるな」

　苦笑する重倉の顔は、生花店でよく見る彼そのものだった。毎月、両親の仏前に供える花を買うたび、少し共感するような、淡い笑みを浮かべていた。花を丁寧にラッピングし、そっと手渡してくれた。

　この二年間、彼にずっと救われていたのに。

「ここでの会話は鯉沼さんたちに聞いてもらっています」

　ポケットから通話中のままになっているスマホを取り出し、重倉に見せた。重倉は動揺もせず、何か弁解をしようともしなかった。
ようやく長い旅が終わったとでも言いたげに、長く、深い息を吐いた。

【10】

それから慌ただしく月日は流れた。

世間を騒がせていた剝製魔が地元で愛される生花店の店長だったことが明らかになり、連日のようにテレビではその報道がされている。

最大の衝撃は、やはり彼がキャトル事件の被害者遺族だったという点だ。

近代に入ってから例を見ない凶悪殺人事件につながりがあったこと。当時の被害者遺族が今回の加害者になったこと。当時の報道が彼を追い詰めたのではないかという意見も噴出し、重倉に対する同情的な見方をする者も出てきている。

重倉の上演した人形劇の内容もまた、いつの間にか報道関係者の手に渡っていた。人形劇を観覧した者が、匿名を条件にして詳細を話したのかもしれない。

重倉が手作りした舞台装置がプロの手によって再現され、インターネットで公開された。さすがに悪趣味すぎると抗議が殺到してすぐに削除されたものの、録画していた第三者の手によって人形劇は今でもコピーが大量に出回っている。

お祭り騒ぎだ、と晃平は思う。うんざりするほど、十一年前の繰り返しだ。

「浮かない顔だねえ」

　近森探偵事務所のソファーでくつろいでいた彗が笑った。

「秋月瑠華のスマホは鯉沼刑事から、本人に返してもらったんでしょ？　無事に依頼が完遂できてよかったじゃない」

「それ以外、何一つよくない」

「そうかなあ。お前は生きてる。犯人は捕まった。悪趣味な警察官も捕まった。悪は裁かれ、正義は生き延びたんだから万々歳じゃない」

　コーヒー飲む？　とおもむろに彗が立ち上がった。

　何があったのか上機嫌だが、彼の機嫌がいい時に晃平が得をしたことは一度もない。

　彗をじろりとにらみ、晃平は彼を制してコーヒーメーカーのほうへ向かった。

「いらない。自分で淹れる」

「じゃあ俺の分もお願い〜。……ま、それはいいけどね。晃平って俺の淹れたコーヒー、飲まないよね。二人分淹れてあげても必ず捨てるし、そもそも戸棚に鍵をかけてるし」

「当然だろ」

「何が当然なんだか」

「やけに絡むな」

　どうしたんだよ、と聞き返してやると、彗がひるんだように口をへの字に曲げた。天使のように整っている容姿ゆえか、他人が見ればそんな表情さえも愛らしく見えるだろう。あいにく晃平の目には邪悪にしか見えないが。

「日曜はミラーハウスの前で話し合うはずだったじゃない。そのために色々準備してたのに」

「そうだったか？」

「うっわ、白々しい！　俺がいたら、もっとはっきり白黒付けたよ。不良警官も剝製魔も完膚なきまでにたたきのめして、さあ」

「だから室内に入ったんだ」

「うう」

素っ気なく言い放つと、彗はますます不服そうに晃平をにらんだ。その反応で晃平は嫌な予感が当たったことを察する。

（ミラーハウスに呼び出せてよかった）

個人商店は最たるものだが、それ以外でも彗は他人のテリトリーに入れない。気兼ねなく彼が入れるのは近森探偵事務所くらいだ。喫茶店で一息つくことも、本屋でお気に入りの一冊を選ぶことも、面白そうな雑貨を見て回ることも、好みのブランドが出す冬の新作をショップで試着することもできない。

（昔……）

まだキャトル事件が起きる前、小学校高学年の頃に二人で、なんとかして彗のトラウマを解消できないか、試みたことがある。

いつも猫を膝に載せている善良な老婆が一人で切り盛りしているだけの駄菓子店に二人で入ろうとした。

だが開放的な店に一歩入ろうとした時点で、彗は彫像になったように硬直したのだ。そして自分の意思では瞬きも呼吸もできず、喋ることもできなくなった。

急に息を止め、どんどん青ざめていく彗を見た時、晃平ははっきりと恐怖した。

直立不動のまま固まった彗を抱えて駄菓子店から離れ、公園で彗の頬や肩を叩きながら、しきりに名を呼んだ。幼馴染みがこのまま死んでしまうのかと思うほどの恐怖は今でも思いだせる。

結局、窒息寸前で彗は弱々しく咳き込み、次の瞬間、今度は糸の切れた操り人形のように意識を失った。

泣きながら救急車を呼び、搬送先の病院に駆けつけた彗の両親にどう説明したのかは覚えていない。ただ呼吸もできないほど泣きじゃくり、謝り続けたことは覚えている。

その異様さに彗の両親が困惑する中、目覚めた彗が「ちょっと駄菓子屋に入ってみようとしたけどダメだったぁ」とのんきに言ったのだ。

合点がいったように、彼の両親が息子を叱ったことを覚えている。

それで終わりだ。あの時の衝撃から、トラウマというものは素人である自分がうかつに踏み込んでいい問題ではないと身に染みた。

彗はしばらく心療内科に通院していたが、効果がないと落胆したのか飽きたのか、結局通院もやめてしまった。

それほど、彗のトラウマは強固だ。

だからこそミラーハウスを話し合いの舞台に選べば、彗は何もできないと踏んだ。

なぜ、と問われれば、即答できる。

重倉と栗原を守るために。

――依頼を受ける時は心で、依頼をこなす時は頭で判断しろ。

晃平が父から聞かされてきた言葉だ。優しさと判断力を兼ね備えた探偵になる心得として、いつも聞かされてきた。

「俺には、観察力も分析力も推理力もない」

屈強な意思や不屈の精神を持っているとも断言できない。

それが理由なのではないか、と晃平はずっと思ってきた。自分に頭脳と心を与えるため、母親はキャトルに心臓を抜き取られ、父親は脳を抜き取られたのではないだろうか、と。

ただ他の被害者遺族のように通院履歴があるならともかく、心や知性は目に見えない。

それが足りないと判断できるのは、晃平に近しい者だけだ。

「不思議なんだよな。父さんたちが自宅で殺されたのは俺がサッカーの合宿に行っていた時だった。ドアにはこじ開けたような痕はなくて、二人が京間を招き入れたと考えられた」

だがキャトル事件を調査している父が無警戒にドアを開けたというのは違和感が残る。何らかの方法で京間が不法侵入したか、それとも……。

(隠してあった合い鍵を使ったか、だ)

ポストの天板に貼り付けてあった合い鍵。その存在を知っているのは晃平とその両親。そして親しい人間だけだ。

「なんでキャトルが、病人を家族に持つ人を被害者に選んだのかは分からない。そもそも病人に目を付けるには病院に頻繁に出入りしないといけないけど、京間は病院関係者でもなかったし、どうやって被害者を選んだのかは謎のままだ」

「じゃあ、その考えは違うのかも?」

「まあ京間は何も語らないで死んだから、全ては闇の中だよな。だからこそ犯行計画書が隠されている、なんて話になる。……でももっと単純な話かもしれないだろ。京間はただの実行犯で、キャトル本人は別にいるとか」

「ははっ、面白い考え」

「病院に出入りしていた『誰か』がターゲットを選び、その家族のことを調べ上げ、拉致しやすい時間帯や場所に目星を付ける。その情報を元に、京間が犯行を重ねていたとするならどうだ？　京間は彫りの深い高身長の男だったから病院内やターゲットの周りをうろついていたらすぐに怪しまれるけど、そこにいて当然の奴なら……例えば、左近市に住んでいて、通院している子供なら誰も怪しまないんじゃないか」

「そうかもねえ」

「傍若無人でずけずけと何でも聞くくせに、聞き上手で愛嬌がある天使みたいな容姿の子供に、また会える？　いつなら会える？　なんて聞かれたら、自分のスケジュールを簡単に教える人も多そうだ」

　キャトルが犯行を重ねれば重ねるほど、大人たちは恐怖と猜疑心を露わにしたが、それでも子供に対しては無警戒だった。非力な子供が猟奇的な犯行を行えるわけがない、と思う者もいたし、純粋な子供がおぞましい犯罪を行うわけがないと考えた者もいた。肉体的にも精神的にも、「子供」は容疑者から外されていた。ましてや、子供が全てを計画し、大人を手駒にしているなどとは考えもしない。

　……そう、誰も考えなかった。晃平の両親も、晃平自身も。

「なんでキャトルはあんな殺し方をしたんだと思う」

　晃平はコーヒーメーカーを置いた棚に寄りかかり、静かに尋ねた。

　ソファーに身を沈めていた彗が笑う。まるでインタビューを受ける芸能人のように、頭の先からつま先まで完璧な美しさを纏わせて。

「俺に聞かれても分からないけどさあ」

まるで歌いだしそうなほど、無邪気に彗が言った。

「何でっていうのは残された人が考えればいいんだよ。よく言うじゃない。『やられた人の身になって考えろ』って。その逆で『やった人の身になって』考える。そうやって考えて考えて、出した答えがその人の中で真実になれば、それでいいんじゃないかな」

「……なんで、そんなことをする必要がある」

「あれから十年以上経って、そろそろみんな、結論が出始める頃でしょ。剝製魔は最初の一人だ」

残された遺族たちはキャトル事件を忘れられない。なぜ自分の愛する家族が犠牲になったのかを考え続ける。なぜキャトルはあんな殺害方法を採ったのか、キャトルの身になって何年も。稀代の猟奇殺人鬼キャトルの考えを知ろうとし、キャトルの身になったのかを考え続ける。

それは非常に危険な行為だ。猟奇殺人鬼のことを考えすぎると、頭から離れなくなる。

そして彼らの心の中に「キャトル」が生まれれば……寄生した怪物はうごめき始める。

キャトルを神と仰ぎ、その教えに倣うように自身も剝製魔事件を起こした重倉のように。

——動きだす。

被害者遺族たちが。

その心の中で復活した「キャトル」が。

「は……」

めまいを覚え、晃平は棚に手をついた。

何という悪夢だ、とうめき声が漏れる。

だが、まだ止める手段は残されている。

猟奇殺人鬼キャトルの考えを公表するのだ。唯一にして揺るぎない答えが提示されれば、遺族たちが自分の中に作り出したキャトルは消える。なぜ、と悩む日々は終わり、ようやく大切な家族の死を悼む生活を送ることができる。

証拠はないのだ。状況証拠も物証も。

動機もない。少なくとも晃平には思い当たらない。

ただ、どうしようもないほどの確信だけがある。

それは小学生の時、玩具店に監禁された時に生まれたのかもしれない。もしくはずっと心の奥にいた怪物が、事件をきっかけにして解放されたのかもしれない。生まれたきっかけも、解放されたきっかけも、全く別の何かだったのかもしれない。

ただ晃平はある日気づいた。迷宮のように入り組んだ幼馴染みの心の奥に、怪物がひそんでいることを。

心療内科に通いながら、院内で闘病中の患者を探すことができた人物。

吾妻家の合い鍵の隠し場所を知っていた人物。

晃平が合宿に行く日程を知っていた人物。

大人を翻弄できるほど、鋭い洞察力や推理力を有していた人物。

全ての条件に合致する者を、晃平は一人しか知らない。

「俺は必ず、猟奇殺人鬼キャトルを捕まえる」

「いいね。頑張りなよ。そのために両親から心と頭脳を受け継いだんでしょ」

「なんで両親を殺したのか、その口から語らせるからな」

「証拠は見つかるかなあ。調べて調べて調べて……それでも証拠が集まらなくて、八方塞がりになったら」

――俺の勝ち。

そう言いたげに、彗はにんまりと笑った。天使のように美しい顔を、邪悪な怪物のように歪めて。

本書は、集英社文庫のために書き下ろされた作品です。

本文デザイン／西村弘美

樹島千草の本

MY (K) NIGHT
マイ・ナイト

夜の横浜で孤独な三組の男女が出会い、別れる。川村壱馬、RIKU、吉野北人（共にTHE RAMPAGE）の3人が主演を務める同名映画を小説化。カラー写真も多数収録、映画の世界を再現。

集英社文庫

冴島亘（さえじま わたる）
◆父を事故で亡くし母子家庭で育った優等生。高校は首席入学。

三枝致留（さえぐさ いたる）
◆金髪で素行が悪いと噂され、教師に目をつけられている亘の同級生。

ふたりの男子高校生が探す
1冊の絵本とその思い出が、
静かに周囲を変えていく…。

集英社文庫　目録（日本文学）

姜尚中／森達也　戦争の世紀を超えて　その場所で語られるべき戦争の記憶がある
姜尚中　母―オモニ―
姜尚中　心
神田茜　ぼくの守る星
神田茜　母のあしおと
木内昇　新選組　幕末の青嵐
木内昇　新選組裏表録　地虫鳴く
木内昇　漂砂のうたう
木内昇　櫛挽道守
木内昇　みちくさ道中
木内昇　火影に咲く
木内昇　万波を翔る
木崎みつ子　コンジュジ
樹島千草　太陽の子　GIFT OF FIRE
樹島千草　スケートラットに喝采を
樹島千草　映画ノベライズ耳をすませば

樹島千草　MY (K)NIGHT　マイ・ナイト
樹島千草　剝製の街　近森晃平と殺人鬼
岸本裕紀子　定年女子　これからの仕事、生活、やりたいこと
岸本裕紀子　定年女子　60を過ぎて働くということ
岸本裕紀子　定年女子　新たな居場所を探して
喜多喜久　真夏の異邦人　超常現象研究会のフィールドワーク
喜多喜久　リケコイ。
喜多喜久　マダラ　死を呼ぶ悪魔のアプリ
喜多喜久　青矢先輩と私の探偵部活動
北杜夫　船乗りクプクプの冒険
北大路公子　石の裏にも三年　キミコのダンゴ虫的日常
北大路公子　晴れても雪でも　キミコのダンゴ虫的日常
北大路公子　いやよいやよも旅のうち
北方謙三　逃がれの街
北方謙三　弔鐘はるかなり
北方謙三　第二誕生日

北方謙三　眠りなき夜
北方謙三　逢うには、遠すぎる
北方謙三　檻
北方謙三　あれは幻の旗だったのか
北方謙三　渇きの街
北方謙三　牙
北方謙三　危険な夏―挑戦Ⅰ
北方謙三　冬の狼―挑戦Ⅱ
北方謙三　風の聖衣―挑戦Ⅲ
北方謙三　風群の荒野―挑戦Ⅳ
北方謙三　いつか友よ―挑戦Ⅴ
北方謙三　愛しき女たちへ
北方謙三　破軍の星
北方謙三　群青　神尾シリーズⅠ
北方謙三　灼光　神尾シリーズⅡ
北方謙三　炎天　神尾シリーズⅢ

集英社文庫　目録（日本文学）

北方謙三　流塵　神尾シリーズIV
北方謙三　林蔵の貌（上）（下）
北方謙三　そして彼が死んだ
北方謙三　波王の秋
北方謙三　明るい街へ
北方謙三　彼が狼だった日
北方謙三　罅・街の詩
北方謙三　皸・別れの稼業
北方謙三　草莽枯れ行く
北方謙三　風裂　神尾シリーズV
北方謙三　風待ちの港で
北方謙三　海嶺　神尾シリーズVI
北方謙三　雨は心だけ濡らす
北方謙三　風の中の女
北方謙三　水滸伝一～十九
北方謙三・編著　替天行道　―北方水滸伝読本

北方謙三　魂の岸辺
北方謙三　棒の哀しみ
北方謙三　君に訣別の時を
北方謙三　楊令伝　一　玄旗の章
北方謙三　楊令伝　二　辺烽の章
北方謙三　楊令伝　三　盤紆の章
北方謙三　楊令伝　四　雷霆の章
北方謙三　楊令伝　五　猩紅の章
北方謙三　楊令伝　六　徂征の章
北方謙三　楊令伝　七　驍騰の章
北方謙三　楊令伝　八　箭激の章
北方謙三　楊令伝　九　遥光の章
北方謙三　楊令伝　十　坡陀の章
北方謙三　楊令伝　十一　傾暉の章
北方謙三　楊令伝　十二　九天の章
北方謙三　楊令伝　十三　青冥の章

北方謙三　楊令伝　十四　星歳の章
北方謙三　楊令伝　十五　天穹の章
北方謙三・編著　吹毛剣　楊令伝読本
北方謙三　岳飛伝　一　三霊の章
北方謙三　岳飛伝　二　飛流の章
北方謙三　岳飛伝　三　嘶鳴の章
北方謙三　岳飛伝　四　日暈の章
北方謙三　岳飛伝　五　紅星の章
北方謙三　岳飛伝　六　転遠の章
北方謙三　岳飛伝　七　懸軍の章
北方謙三　岳飛伝　八　龍蟠の章
北方謙三　岳飛伝　九　曉角の章
北方謙三　岳飛伝　十　天雷の章
北方謙三　岳飛伝　十一　烽燧の章
北方謙三　コースアゲイン
北方謙三　岳飛伝　十二　飄風の章

集英社文庫

剝製の街 近森晃平と殺人鬼

2024年4月25日 第1刷 定価はカバーに表示してあります。

著 者 樹島千草

発行者 樋口尚也

発行所 株式会社 集英社
東京都千代田区一ツ橋2-5-10 〒101-8050
電話 【編集部】03-3230-6095
【読者係】03-3230-6080
【販売部】03-3230-6393(書店専用)

印 刷 図書印刷株式会社

製 本 図書印刷株式会社

フォーマットデザイン アリヤマデザインストア マークデザイン 居山浩二

ISBN978-4-08-744643-2 C0193